타이거 우즈
시대를 사는 행복

〈놀놀놀 : 놀 것과 놀라움이 가득한 글 놀이터〉 독자에게 보내는 집필 제안서

우리 삶에는 항상 놀 것과 놀라움이 가득합니다. 누군가에게는 라면이, 누군가에게는 공포소설이, 누군가에게는 퇴근 후 달리는 상쾌함이 살아갈 의미로 작용합니다. 우리 모두에게 있는 바로 그 '놀 것'과 '놀라움'을 글로 풀어낼 수 있는 '놀이터'가 〈놀놀놀〉 시리즈입니다. 독자 여러분 가슴 속에 있는 놀 것과 놀라움에 대한 이야기를 환영합니다.

● ● ●

형식: 자신만의 지식과 경험을 바탕으로 한 소확행의 생활 에세이
분량: 원고지 350~400매(6만~7만 자)
주제: 자유
시리즈 예상 소재: 고양이, 오르골, 시계, 짜장면, 기차여행, 무라카미 하루키, 마카롱, 피규어, 떡볶이, 제주도, 파스타, 스타벅스, 반려견 등 자신만의 놀 것과 놀라움
보내실 곳: bookocean@naver.com

타이거 우즈
시대를 사는 행복

초판 1쇄 발행 | 2020년 2월 27일
초판 2쇄 발행 | 2020년 3월 10일

지은이 | 성호준
펴낸이 | 박영욱
펴낸곳 | 북오션

편 집 | 이상모
마케팅 | 최석진
디자인 | 서정희 · 민영선

주 소 | 서울시 마포구 월드컵로 14길 62
이메일 | bookocean@naver.com
네이버포스트 | post.naver.com/bookocean
페이스북 | facebook.com/bookocean.book
인스타그램 | instagram.com/bookocean777
전 화 | 편집문의: 02-325-9172   영업문의: 02-322-6709
팩 스 | 02-3143-3964

출판신고번호 | 제313-2007-000197호

ISBN 978-89-6799-515-7 (03810)

이 도서의 국립중앙도서관 출판예정도서목록(CIP)은 서지정보유통지원시스템
홈페이지(http://seoji.nl.go.kr)와 국가자료공동목록시스템
(http://www.nl.go.kr/kolisnet)에서 이용하실 수 있습니다.
(CIP제어번호: CIP2020004845)

타이거 우즈
시대를 사는 행복

성호준 지음

This is my story for Tiger.

북오션

모든 골퍼들의 동반자 타이거 우즈에게

인간은 주위로부터 영향을 받는다. 어떤 사람과 함께 사는지가 내 자신을 결정할지도 모른다. 골프를 하는 사람이라면 라운드 동반자가 얼마나 중요한지 알 것이다.

스포츠 스타는 주위 동료뿐 아니라 동시대에 누구와 함께 뛰었는지가 성공과 실패의 열쇠가 될 수도 있다. 마이클 조던 시대를 살았던 NBA 스타들은 어땠을까. 조던과 같은 시대 선수가 아니었다면 뉴욕 닉스의 킹콩 센터 패트릭 유잉은 챔피언 반지 몇 개를 끼고 있었을 것이다. 유타 재즈의 어시스트맨 존 스탁턴과 메일맨 칼 말론도 한두 번쯤 우승했을 것이다. 그러나 태양은 하나일 수밖에 없고 언제나 그 태양은 마이클 조던이었다.

골프에서도 마찬가지다. 골프 황제 타이거 우즈 시대에 활동한 어니 엘스는 평생 황태자라는 별명을 떼지 못했다. 엘스는 우즈가 우승한 대회에서 2위를 가장 많이 한 선수다. 그중 한 번은 엘스가 8타를 앞서 있다가 역전패했다. 엘스는 2019년 12월 열린 프레지던츠컵에서 캡틴으로서 우즈를 이겨보려 했지만 역시 안 됐다. 필 미켈슨이나, 비제이 싱도 비슷하다. 우즈는 하늘이 내린 천재인데다가 가장 열심히 훈련했다. 선수로서 우즈와 동시대를 사는 건 고통이었을 것이다.

나는 선수가 아니라 기자다. 우즈와 한 시대를 산 건 대단한 행운이라 생각한다. 칭기즈칸이나 나폴레옹 옆 사관(史官)은 역동의 순간을 기록하고 해석하는 즐거움을 누렸을 것이다. 나도 골프라는 스포츠에서 다시 나오기 어려운 불세출의 영웅과 동시대에 사는 즐거움을 누렸다.

사람이 다 그렇듯, 영웅들도 장단점이 있다. 장점은 눈이 부실 정도겠지만 그늘도 크다. 커다란 영향력 탓에 결점이 증폭되기 때문이다.

우즈도 완벽한 인간은 아니었다. 나는 기자 생활을 시작할 때 선배들로부터 숱하게 '불가근불가원(不可近不可遠)'이라는 말을 들었다. 너무 친하면 비판할 수 없고, 너무 멀면 정보를 얻을 수 없으니 공정성과 균형 감각을 지

킬 적당한 간격을 유지해야 한다는 것이었다. 나는 저널리즘의 ABC 중 하나인 이 말을 비교적 잘 지켰다고 자부한다. 우즈에게도 그렇다.

먼저 불가원. 나는 우즈의 경기 대부분을 본방사수했다. 새벽에 일어나서 잠을 깨운다고 와이프에게 혼도 많이 났다. 그러나 생중계가 아니면 심장이 뛰지 않았다. 또한 그에 대한 기사와 책을 거의 모조리 봤다. 나는 우즈의 표정을 대충 읽을 수 있다. 장난기가 어린 표정, 화가 난 표정, 거짓말을 하는 표정 등을 설명하기는 어렵지만 대충 알 것도 같다.

다음은 불가근. 나는 팬심을 갖지 않았다. 사심 없이 사실 그대로 썼다. 한국의 기자가 가까이 다가간다고 우즈가 옆 자리를 허용하지도 않았겠지만 말이다. 그의 잘못에 대해서도 기사를 썼다. 우즈는 내 글을 읽을 수 없으니 뭐라고 쓰든 무슨 상관이냐고 할 사람들이 있을 것이다. 당연히 우즈는 아무 반응이 없었지만 그의 팬들로부터 심한 악플과 메일을 받기는 했다.

종합하면 그와 불가근불가원의 관계를 유지하려고 어느 정도 희생을 했다는 말이다.

우즈는 2013년 8월 대회 도중 허리를 움켜쥐고 쓰러졌다. 골프계에서는 "우즈는 끝났다"는 말이 나왔고 2017년 봄이 되자 우즈 자신도 "나는 끝났다"고 했다. 우즈는 기적적으로 2018년 복귀해 2019년 마스터스에서 그린재킷을 입었다.

대단하긴 한데, 이 정도라면 그냥 진부한 재기 스토리이기도 하다. 불가근불가원을 신봉하는 냉정한 기자에게는 그랬다.

나는 2018년 마스터스에서 우즈의 연습 장면을 지켜보다가 깜짝 놀랐다. 그가 장애인에게, 요청받지도 않았는데도 선물을 주는 것을 보고 나서다. 우즈는 아이들에게도 사인을 안 해주는 사람이었다. 그는 감사할 줄 모르는 사람이었다. 자신은 선택된 인간이라고 생각한 사람이었다.

우즈가 아파 누워 있는 동안 완전히 바뀌었다는 사실을 알았다. 불굴의 재기 스토리는 흔하지만 그 지옥 같은 고통 속에서 훌륭한 인간으로 성장한 스타는 흔치 않다. 나는 우즈에게 감화됐다. 나뿐만 아니라 동시대 모든 골퍼들이 그런 듯하다. 이쯤 되면 우즈는 뛰어난 스타 정도가 아니라 동시대를 산 모든 골퍼들의 동반자라고 생각한다. 그래서 '불가근불가원'은 잊고 사심으로 책을 썼다. 절반쯤은 새로 쓰고 절반쯤은 그동안 중앙일보, 중앙선데이, JTBC 골프, 네이버에 쓴 칼럼에서 발췌했다.

차례

머리말　4

1장 오거스타 깃발 꽂힌 천국　10

2장 미야자키 스포츠는 인격 테스트인가　26

3장 로스 앤젤레스 우즈도 자신이 누구인지 몰랐다　40

4장 서울 "죽으면 푹 잘 수 있잖아"　58

5장 올랜도 유혹 찾아 멀리 갈 필요 없었다　71

Tiger
Woods

Tiger
Woods

Tiger
Woods

6장 아부다비 비틀스와 타이거 우즈   81

7장 시카고 부상은 스포츠 스타의 훈장   97

8장 세인트앤드루스 올드 코스의 미스터리   111

9장 팜비치 만오천 평 저택 속의 비명   131

10장 오거스타 II 스물둘에 기적, 마흔넷에 더 큰 기적   141

11장 페블비치 어둠 속에서만 별을 볼 수 있다   155

Tiger
Woods

4월 초 골프장의 층층나무는 꽃망울을 맺고 철쭉·개나리·목련이 흐드러진다. 마스터스가 열리는 미국 조지아주 오거스타에 있는 오거스타 내셔널 골프클럽을 미국 골퍼들은 '깃발 꽂힌 천국'이라 부른다.

오거스타 내셔널의 페어웨이는 새로 깐 녹색 카펫처럼 말끔하고 그린은 비단결 같다. 안개 자욱한 래의 개울(Rae's creek)을 건너 화려한 꽃들이 만발한 아멘 코너 깊숙한 곳으로 안내하는 호건의 다리는 골퍼에겐 천국으로 가는 계단처럼 성스럽다. 오거스타 내셔널은 골퍼의 이데아다. 마스터스는 찬란한 봄과 본격적인 골프 시즌의 시작을 알리는 아름다운 페스티벌이다.

오거스타는 최고의 스포츠 극장이라는 별명도 있다. 마스터스가 열릴 때는 항상 꽃이 만발한다. 이상 저

온, 이상 고온이 흔한데 왜 마침 대회 때면 꽃이 만개할까. 아멘 코너 뒤쪽 철쭉 꽃밭에는 냉난방 시스템이 있다. 대회 개막에 맞춰 꽃이 필 수 있도록 추우면 덥혀주고 더우면 식혀준다. 개울은 파랗게 보이도록 식용 색소를 넣고, 그린이나 페어웨이가 손상되면 초록색 페인트를 뿌리기도 한다.

비가 내린 후면 오거스타 내셔널 코스 곳곳에서 '웅웅' 소리가 난다. 물을 빼고 코스를 말리는 땅 밑 환기구에서 나는 소리다. 그린 아래에도 냉난방 시스템이 있다. 마스터스는 최고, 완벽을 추구한다.

오거스타 내셔널에는 다람쥐도 없다. 오거스타 내셔널에는 절대 뛰면 안 된다는 규칙이 있는데 다람쥐가 이 규정을 지키지 않아서 그렇다는 농담도 있다. 어쨌든 다람쥐는 없다. 완벽을 추구하는 클럽은 날쌘 다람쥐까지 컨트롤한다. 날짐승도 잘 보이지 않는다. 지나가는 새들이야 어쩔 수 없겠지만 새들이 골프장 안의 나무에 집을 짓는 것은 허용하지 않는 듯하다.

출전 선수도 엄선된다. 100명이 채 안 되는 선수만 초청장을 받는다. 156명이 참가하는 브리티시 오픈·US 오픈과 딴판이다. 두 오픈은 최대한 많은 선수가 참가해 계급장 떼고 실력을 겨루는 '열린' 대회다. 마스터스는 소수 스타 선수들이 출전하는 닫힌 대회다.

선수들이 가장 나가기 어려운 대회가 마스터스다. 그래서인지 선수들이 가장 나가고 싶어 하는 대회가 마스터스다. 우승자에 대한 예우는 최고다. 그린재킷을 입고, 챔피언스 디너에 참가한다. 평생 출전권이 보장된다. 다른 메이저 대회에 비해 마스터스의 역대 챔피언은 화려하다. 검증되고, 대중이 좋아하는 스타들이 마스터스에서 강했다. 잭 니클라우스(6회 우승), 타이거 우즈(5회), 아널드 파머(4회), 필 미켈슨(3회) 등이다.

왜 그럴까. 출전 선수가 적으니 일단 참가만 한다면 산술적으로 우승 가능성이 크다. 고령의 역대 챔피언도 참가하기 때문에 실제 우승 경쟁을 하는 선수는 70명 정도에 불과하다. 대회가 한 곳에서만 열리므로 코스를 세세하게 아는 경험 많은 유명 선수가 월등히 유리하다. 스타들의 귀족 대회가 마스터스다.

잘 알려졌다시피 갤러리가 되기도 어렵다. 오거스타 내셔널 골프클럽이 선정한 '패트런(patron, 후원자)'에게만 사전 예약으로 판매한다. 일반인은 암표를 구해야 하는데 표 한 장에 수백만 원이 넘을 때도 있다. 대회에서는 하지 말라는 규칙이 많다. 뛰어서도 안 되고 졸아서도 안 되고 대회 기간 중 선수에게 사진이나 사인을 요구해서도 안 된다. 타이거 우즈 같은 슈퍼스타라도 대회 기간 중 핸드폰을 가지고 들어올 수 없다.

그러나 클럽이 정한 규칙을 지킨다면, 모든 대우가 최고 수준이다. 샌드위치 가격은 1.5달러다. 다른 스포츠 이벤트에서는 바가지를 씌우는데, 마스터스에서는 오히려 주위보다 싸게 판다. 티셔츠나 모자 등 대회 기념품도 다른 메이저 대회에 비해 싸다. 다른 대회와 달리 기념품은 대회장에서만 살 수 있다. 그래서 기념품 숍에 줄이 끝도 없이 서 있다. 1주일 매출이 600억 원 수준이라고 한다. 아무나 가질 수 없기 때문에 갖고 싶은 초고가 명품처럼, 마스터스는 닫아둠으로써 신비함과 화려함을 얻었다.

골프 기자에게도 오거스타 내셔널에 취재하러 가는 것은 일종의 특권이다. 오거스타 취재 비표는 얻기가 매우 어렵다. 오거스타 골프장이 취재 기자를 소수만 엄선하는 것은 아니다. 마스터스를 취재하는 기자는 꽤 많다. 미국 지방의 작은 매체에서도 온다.

그러나 이런 매체는 오래전부터, 그러니까 마스터스가 지금 같은 권위를 인정받기 전부터 취재를 해오던 미디어다. 그래서 새로운 매체가 들어올 자리가 거의 나지 않는다. 오래 취재한 기자가 다른 회사로 옮기면 그 사람을 따라 해당 미디어의 취재를 허가해준다. 마스터스는 의리를 매우 중시한다.

오거스타 골프장은 초창기 사정이 어려울 때 플로리다에서 열리는 야구 스프링 트레이닝을 취재하고 돌아가는 기자들을 초청해 도움을 받았다. 대회 창립자인 보비 존스는 "명성은 그냥 생기는 것이 아니다. 그걸 뉴스로 퍼뜨리는 사람들이 중요하다"고 했다.

나는 2011년에 처음 마스터스에 갔다. 당시 오거스타 내셔널의 기자실은 대학의 대강의실 같았다. 기자들은 마치 학생들처럼 오래된 책상에 앉아 열심히 기사를 썼다. 강의실 칠판 같은 곳에 자원봉사자들이 긴 사다리를 놓고 선수들의 스코어를 손으로 붙였다. 1번 홀 페어웨이 바로 옆이라 코스의 분위기를 느낄 수 있었다. 아날로그 향기가 물씬 풍기는 곳이었다.

그 기자실에서 가장 마음에 든 건 사람들이다. 마스터스에는 미국의 뛰어난 스포츠 기자들이 많이 온다. 미국의 진짜 최고 스포츠 라이터들은 특정 종목을 전담하지 않는 분위기다. 야구 월드시리즈가 열리면 야구 기자가 되고, 슈퍼보울 때는 풋볼 기자가 되고, 농구 기자로 NBA 챔피언 결정전을 치르고, 4월 봄이면 골프 기자가 돼서 마스터스를 취재했다.

기자실은 약간 경사진 구조였고 내 자리는 뒤쪽이어서 조감이 됐다. 〈스포츠일러스트레이티드〉 맨 뒤 페이지에 오랫동안 칼럼을 쓴 전설적인 기자 릭 라일리가 내 세 자리 앞에 앉았다. 그는 두 다리를 책상에 올려놓고 상념에 잠기곤 했다. 그는 기자실에선 거의 글을 쓰지 않는데 잡지에는 그의 뾰족한 구두처럼 예리한 기사들이 실리곤 했다.

타이거 우즈의 저격수로 유명한 존 페인스틴, 90세가 넘도록 뛰어난 칼럼을 쓴 댄 젠킨스, ESPN의 명칼럼니스트 이언 오코너, 천재 기자 조 포스낸스키 등이 다 있었다. 처음 갔을 때 마스터스 기자실은 스포츠 기자들의 판테온(만신전)처럼 느껴졌다.

오거스타 내셔널은 2017년 미디어빌딩을 새로 지었다. 6500만 달러(약 690억 원)가 들었다고 알려졌다. 다른 대형 이벤트의 미디어센터 같지 않다. 오거스타 내셔널 클럽하우스 등 다른 건축물들이 그렇듯 1800년대 미국 남부 대저택 양식이다. 흰색 기둥과 돌로 만든 벽, 나무 발코니가 웅장하다. 한 미국 기자는 "미국 남부를 소재로 한 소설 '바람과 함께 사라지다'의 주인공 스칼렛 오하라가 복권에 당첨됐다면 이런 건물에 살았을 것"이라고 말했다.

내 옆자리에 앉은 프랑스 〈르 피가로〉의 로렝 루에 기자는 "단연코, 세계에서 가장 좋은 기자실"이라며 웃었다. 로리 매킬로이는 "기자들이 대회가 끝나도 가려고 하지 않을 것 같다"고 농담했다. 1년에 딱 일주일 동안 사용하려고 만들었다는 것을 감안하며 더 놀랍다. 미디어빌딩에는 업무 공간과 인터뷰룸, 박물관, 식당, 디지털 헤드쿼터에 샤워실도 있다.

기자석은 약 350석이다. 다른 기자실이 비행기 이코노미석이라면 여긴 최소한 비즈니스석이다. 가죽 의자에 개인 수납 공간이 있으며 쓰레기통도 혼자 사용한다. '단독'을 좋아하는 기자들의 습성을 정확히 알고 있다.

훤하게 뚫린 정면으로 연습장이 보인다. 모든 자리에 TV 모니터 두 개, 양쪽 벽에는 대형 스크린 두 개가 있다. 대회가 시작되면 하나는 경기 장면, 다른 하나는 인터뷰를 틀어준다. 기자실 천장의 높이가 10미터 정도 된다.

식당은 풀서비스다. 자리를 안내하고 주문을 받는 종업원이 자꾸 뭐 필요한 것 없냐고 물어봐서 귀찮지만 마스터스 초창기 기자실로 쓰이던 건물을 모티브로 만든 것이라 운치가 있다. 기사 쓰느라 시간이 부족해 간단히 먹어야 한다면, 음식 스탠드에서 무한정 제공하는 물과 주스, 커피, 각종 샌드위치를 이용하면 된다.

화장실이 특히 인상적이다. 수압이 아주 강력해서 물이 변기 밖으로 튀어나올 정도다. 화장실 입구에 서 있는 청소원이 자주 들어가 청소를 한다. 손 씻고 물을 닦는 종이는 워낙 부드러워 버리기가 아까웠다. 기념으로 몇 장 가져올까 하는 유혹마저 들었다.

일과 시간이 끝나면 미디어 빌딩 안에 작은 바(술집)를 연다. 몇 가지 맥주에 치즈와 과일 같은 안주거리가 제공된다. 기사 마감이 끝나면 푹신한 자리에 앉아 맥주를 한두 잔 마시곤 했다. 기자실에서 드라이빙 레인지가 보이는데 땅거미가 지고 가로등이 켜질 때는 더욱 운치가 있다.

오거스타 내셔널 클럽하우스 앞에는 커다란 참나무가 있다. 마스터스가 열리기 이틀 전인 화요일에는 기자실에 대충 짐을 푼 후 그 나무 아래 그늘에서 최경주를 기다리곤 했다. 가파른 18번 홀 언덕을 올라오느라 땀을 뻘뻘 흘린 최경주는 한국 기자들을 보면 환한 웃음과 따뜻한 포옹으로 반겨주곤 했다.

친하고 안 친하고를 떠나서, 기자이든 다른 무슨 관계자이든, 혹 처음 보는 사람이라도 최경주는 그 나무 앞에서 자신을 기다리는 누구에게나 따뜻하게 인사했다. 최경주는 "미국에 처음 왔을 때 미래가 보이지도 않고 매우 외로운 경험을 해봐서 낯선 곳에 온 사람의 심정을 알기 때문에 그렇게 한다"고 했다.

나도 2011년 마스터스에 처음 갔었을 때 최경주의 환대를 받고 이곳에 오길 정말 잘했다고 생각했다. 오거스타의 이미지들이 있다. 융단 같은 페어웨이나 흐드러지게 핀 철쭉, 아멘코너에서 들려오는 천둥 같은 환호, 16번 홀 옆 소나무 숲으로 넘어가는 태양빛 같은 것들이다. 나에겐 그런 오거스타의 일반적인 인상보다 시차 적응이 되지 않아 몽롱한 상태로 참나무 아래에서 보았던 최경주의 미소, 그의 사투리가 강렬하게 남는다.

최경주는 2014년 이후 오거스타에 오지 못했다. 한국 기자에게는 반겨주던 최경주가 없는 오거스타는 약간 썰렁하다. 타이거 우즈에게도 큰 기대를 하기는 어려웠다. 우즈가 마지막으로 오거스타에서 우승한 건 2005년이다. 이 글을 쓰는 시점을 기준으로 벌써 14년 전이었다. 부상 때문에 우즈는 2014, 2016, 2017년 대회에 나오지 못했다. 2013년부터 전문가들은 우즈가 끝났다고 했고, 2017년엔 우즈마저 "나는 끝났다"고 했다.

이후 우즈는 수술이 잘돼서 2018년에 대회에 참가, 공동 32위를 했다. 2018년 투어 챔피언십에서 우승했지만 메이저 챔피언이 될 것이라고 생각한 사람은 거의 없었다. 우즈는 스캔들이 있고 나서는 건강할 때도 메이저 대회에서 힘을 쓰지 못했기 때문이다.

2019년 대회에서 우즈는 평소보다 건강해 보였다. 첫날 2언더파 70타를 쳤다. 6언더파를 친 선두 브룩스 켑카와는 네 타 차였다. 우즈는 경기 후 "내가 마스터스에서 1라운드 70타를 기록했을 때 네 번 우승했다"면서 "이번에도 그렇게 됐으면 좋겠다"고 말했다. 70타는 행운의 숫자라는 것이다.

자서전이 반드시 진실이 아닌 것처럼 선수 본인의 말이라고 해서 모두 정확한 것은 아니다. 그의 말과 달리 우즈가 70타를 치고 우승한 것은 네 번이 아니다. 우즈는 1997년과 2001년, 2002년 우승할 때 1라운드에서 70타를 쳤지만 2005년 우승 시에는 첫날 74타를 쳤다.

우즈는 둘째 날에는 4언더파를 쳤다. 선두를 한 타 차까지 따라갔다. 그러나 딱히 유리하다고 보기는 어려웠다. 2018년 디 오픈 챔피언십 마지막 날 타이거 우즈와 한 조에서 경기해 역전승한 프란체스코 몰리나리가 선두였기 때문이다. 몰리나리는 2018년 라이더컵에서는 타이거 우즈 사냥꾼으로 펄펄 날았다. 유럽 선수 사상 처음으로 다섯 경기 모두 승리를 거두면서 유럽이

승리하는 데 수훈갑이 됐다.

몰리나리는 최종라운드를 앞두고 두 타 차 단독 선두였다. 또한 메이저 사냥꾼으로 꼽히는 브룩스 켑카가 우즈의 한 타 뒤에 있었다. 우즈가 우승 기회를 잡았지만 양쪽에서 협공을 받을 처지였다.

우즈에겐 징크스도 있다. 우즈는 메이저 대회에서 최종 라운드를 선두로 출발하지 않으면 한 번도 우승하지 못했다. 역전 우승이 한 번도 없었다는 얘기다. 지난 13년간 1라운드에서 10위 바깥에 있던 선수가 그린재킷의 주인공이 된 적은 없다. 우즈는 1라운드 공동 11위였다. 우즈는 2018년 디 오픈과 PGA 챔피언십에서 우승 경쟁을 했으나 실패했다. 당시 우승자가 몰리나리(디 오픈), 켑카(PGA 챔피언십)다. 우즈는 그들과 다시 경쟁해야 한다.

최종 라운드 악천후 예보도 나왔다. 나이가 많은 우즈에게 불리할 것으로 보였다. 대회는 낙뢰 위험 때문에 아침 일찍 세 명이 한 조로 1번 홀과 10번 홀에서 동시 티오프를 하기로 했다. 몇 시간은 몸을 풀어야 근육이 가동된다는 우즈니까 새벽 3시에 일어나야 할 것이다. 아무튼 우즈의 우승 가능성은 별로 높아 보이지 않았다.

골프의 색깔을 바꾼 1997년 마스터스

"녹색과 검정색이 잘 어울리지 않는가?"

1997년 얼 우즈는 아들 타이거 우즈가 마스터스 우승의 상징인 그린재킷을 입자 이렇게 말했다. 녹색과 검정색이 잘 어울리는지에 대해선 사람마다 의견이 다르겠지만, 오거스타 내셔널이라서 확실히 돋보였다. 이 골프장의 정신적 지주인 클리퍼드 로버츠(1894~1977)는 "내가 눈을 뜨고 있는 한 오거스타의 골퍼는 모두 백인이고, 캐디는 모두 흑인일 것"이라고 했다. 1997년 마스터스에서 우승한 골퍼는 흑인이었고 캐디가 백인이었다.

클리퍼드 로버츠는 작고했지만 그 전통은 남아 있었다. 오거스타 내셔널 골프 클럽은 흑인을 배척했다. 골프장에 몰래 들어온 동네 흑인 꼬마에게 총을 쏜 적도 있다. 1973년까지 마스터스에 흑인 선수는 초청하지 않았고 1990년까지는 흑인 회원을 받지 않았다. 1997년의 우즈는 완벽한 백인 스포츠인 골프, 또 미국 남부를 상징하는 오거스타에서 열두 타 차 우승을 거두면서 미국 사회를 흔들어 놓았다.

우즈의 18언더파 270타는 마스터스 사상 가장 좋은 기록이었다. 처음부터 잘된 건 아니다. 첫 홀 티샷을 왼쪽 숲으로 보내 보기를 하는 등 시작이 좋지 않았다. 우즈는

9번 홀까지 4오버파를 쳤다. 최하위권으로 사실상 경기 끝이라고 해도 과언이 아니었다. 메이저 대회 우승은 첫날 결정되지 않지만, 탈락할 선수는 1라운드에 결정된다는 말이 있다. 우즈의 꿈이 사라지는 것처럼 보였다.

그러나 후반 들어 완전히 달라졌다. 500야드의 파 5인 15번 홀에서 두 번째 샷을 웨지로 쳐 1미터에 붙이고 이글을 잡은 것이 하이라이트였다. 우즈는 버디도 네 개를 잡아 1라운드를 2언더파 70타로 끝냈다. 우즈는 2라운드에서 66타를 치며 1위로 올라섰다. 경쟁자인 콜린 몽고메리는 "3라운드가 열쇠가 될 것"이라고 했다. 신출내기가 우승 부담감을 견뎌내지 못할 것이라는 의미였다. 우즈는 3라운드에 오히려 더 잘 쳤다. 7언더파를 치면서 타수 차를 9로 늘렸다. 함께 경기한 몽고메리는 "인간으로선 따라 잡을 수 없다"고 말했다. 몽고메리의 표정이 마치 UFO를 보고 온 것 같았다고 미국 신문들은 전했다.

우즈는 오거스타 내셔널 골프장을 웨지 경연장으로 만들어버렸다. 연습장 그물을 혼자 넘겼다. 평균과 50야드 정도 차이가 났다. 예스퍼 파르네빅은 "우즈의 티잉그라운드를 50야드 뒤로 갖다 놓지 않는다면 스무 번 우승할 것"이라고 했다.

우즈가 4라운드 내내 파 4홀에서 두 번째 샷으로 친 클럽 중 가장 긴 것이 7번 아이언이었다. 대부분 웨지를 썼다. 500야드 파 5홀에서는 1, 2라운드 모두 웨지로 2온에 성공했다. 쇼트게임 감각도 뛰어났다. 뉴욕타임스는 "유리 판 같은 오거스타 그린이 거친 가죽처럼 느껴지도록 퍼트를 잘했다"고 말했다.

우즈는 우승 후 놀라지 않았다. 그는 아마추어 때부터 "우승하러 왔다"고 했다. 97년에는 "이번엔 준비가 됐다고 느꼈다"고 말했다. 96년, 골프계의 전설인 잭 니클라우스와 아널드 파머는 우즈를 보고 "우리 둘이 마스터스 우승을 합친 것(10회)보다 더 많이 우승할 것"이라고 했다. 립 서비스라고 생각했는데, 97년 우승 후 다들 그 말에 동의했다.

우즈의 우승은 골프 사상 최고 시청률을 기록했다. 미국에서 4400만 가구가 마스터스를 봤다. 마스터스 입장권이 폭등한 이유는 1997년 대회 때문이다. 우즈가 활약하자 일주일 입장권이 1만 달러로 올랐다. 다 쓴 입장권도 50달러에 팔렸다. 미국 스포츠 잡지 〈스포츠일러스트레이티드〉는 "선수 한 명이 저렇게 많은 사람들을 끌어모은 건 처음이었다. 누가 우승하느냐가 아니라 몇 타 차이로 우승하느냐가 이렇게 큰 관심을 끈 것도 처음"이라고 보도했다.

Tiger
Woods

미야자키

2장

스포츠는 인격 테스트인가

일본의 휴양도시 미야자키
는 차가운 늦가을 비가 와 을씨년스러웠다. 잔뜩 찌푸린
미야자키의 하늘을 향해 타이거 우즈는 미사일 같은 샷
을 때렸다. 우즈는 우드로 쳤는데도 동반 선수들이 드라
이버로 친 샷을 훌쩍 넘겼다. 타구 음부터 달랐다. 동반
자들도 놀란 기색이 역력했다.

2004년 11월, 우즈는 미야자키에서 열린 일본 프로
골프 투어 던롭 피닉스 토너먼트에 참가했다. 총상금이
200만 달러 정도였는데, 우즈의 초청료는 이보다 많은
300만 달러였다.

처음 우즈를 직접 본 것은 미야자키 대회가 열리기
며칠 전이었다. 우즈는 최경주, 콜린 몽고메리, 박세리
와 이벤트 대회인 스킨스 게임을 하러 제주도에 왔다.
우즈의 스킨스 게임 자체에 대한 인상적인 기억은 별로

없다. 우즈는 1등을 못 했다. 콜린 몽고메리가 가장 많은 돈을 땄다.

나는 제주 대회까지만 해도 우즈에 대한 관심이 아주 많지 않았다. 당시 나는 골프를 잘 몰랐다. 2004년에 골프를 처음 담당하게 됐지만 야구와 농구 등을 주로 취재하면서 발을 걸친 정도였다. 우즈가 최고로 유명한 스타인 것은 알았지만, 당시 부상과 스윙 교정, 결혼 탓에 성적이 좋지 않았다. 세계랭킹 1위 자리도 비제이 싱에게 빼앗긴 터였다. 우즈는 우리 나이로 서른이었으니 전성기가 지난 것은 아닐까 하는 생각도 했다.

우즈는 이겨도 져도 그만인 스킨스 게임보다 다른 행사에서 더 큰 뉴스를 만들었다. 스폰서인 나이키 주최 클리닉에서 묘기를 시연했다. 무릎을 꿇은 채 드라이브 샷을 230미터나 보냈고 TV 광고로 유명해진, 샌드웨지로 공을 튕기는 묘기도 보여줬다. 가랑이 사이, 등 뒤 등 다양한 자세로, 또 골프채와 손목을 교대로 사용해 공을 튕기기도 했다. MBC 예능 프로그램 '일요일 일요일밤에'의 '대단한 도전' 코너에도 출연했다. 나는 그가 스포츠 스타보다는 광대에 가깝지 않을까라는 생각도 했다. 물론 나쁜 의미는 아니다. 사람들을 즐겁게 해주는 것은 큰 가치가 있다고 생각한다.

나는 그가 타고 온 자가용 비행기나 그가 버는 돈 등에 더 관심이 많았다. 지금은 많이 사용하지만 당시 스포츠 스타의 전용기는 매우 신기한 것이었다. 나는 "우즈는 '하늘의 리무진'을 타고 한국에 왔다. 걸프스트림에어로스페이스사가 제작한 걸프스트림Ⅳ 기종으로 길이 26.9미터, 폭 23.9미터로 작지만 대륙 간 이동이 가능한(최대 7267킬로미터) 첨단 비행기로 군사용 또는 국가원수나 중동의 갑부들이 탄다. 우즈에게는 비행기 임대업체 넷제츠가 공짜로 빌려준다"라는 등의 기사를 썼다. 참고로 우즈는 지금 걸프스트림Ⅴ를 타고 다닌다.

한국에서 우즈는 카지노에 가장 집중했던 것 같다. 블랙잭 게임으로 9만 달러를 벌었다. 우즈의 실력이 좋기도 했지만, 카지노 측에서 홍보 효과를 위해 돈을 잃어줬다는 후문이다. 카지노 측에서 "우즈가 우리 카지노에서 돈을 땄다"고 발표하는 바람에 우즈는 공항 출국장에서 실랑이도 벌여야 했다. 우즈는 "왜 내가 세금을 내야 하느냐"며 버텼다. 결국 대회 주최 측에서 대신 내줬다. 나중에 알게 된 일이지만 골프 황제는 푼돈이라도 내는 것을 싫어한다. 돈을 내면 자존심에 상처를 받는다고 생각한다.

우즈는 제주에서 미야자키로 날아가 대회에 참가했

다. 나는 운 좋게도 미야자키에도 취재를 갔다. 이벤트 경기가 아니라 진짜 대회에 서니 그의 눈빛이 확 달라져 약간 놀랐다. 티샷을 칠 때 거리가 엄청나서 또 놀랐다.

대회엔 최경주도 참가했다. 교포가 운영하는 고깃집에서 최경주와 우즈에 관한 얘기를 했다. 최경주는 "우즈는 처음 보는 상대를 만나면 일부러 짧은 클럽을 세게 휘둘러 기를 죽인다"고 했다. 최경주 자신도 처음에 당했다고 한다. 최경주는 그러면서도 "우즈 같은 선수는 다시 나오기 힘들고 그를 볼 수 있는 건 행운이니 볼 수 있을 때 잘 보고 감상하라"고 조언했다.

대회에서 우즈는 마치 어린 아이 손목 비틀듯 경기했다. 우즈는 열 타 차 선두로 최종 라운드를 시작해, 여덟 타 차로 쉽게 우승했다. 인상적이었던 것은 그가 사실상 우승이 확정됐는데도 실수 하나 하나에 매우 기분이 나빠했던 거다. 그는 완벽주의자였고 작은 실수도 용납하려 하지 않았다. 기자회견에서도 비슷한 상황이 나왔다. 티샷이 숲으로 가서 큰 사고가 터질 수 있는 홀에서 보기로 막은 홀을 복기하며 일본인 사회자가 "나이스 보기"라고 했는데, 우즈는 그를 째려봤다. 보기를 한 것이 어떻게 나이스냐는 뜻이었다. 아무튼 무릎 수술과 결혼으로 2004년을 거의 허비한 우즈는 9개월 만에 우승했다. 기분이 좋았는지 그는 내년에도 대회에 오겠다고 즉석에서 약속했다. 주최 측에서 아주 기뻐했다. 일본인 특유의 몸 둘 바를 몰라 하는 듯한 감사 인사가 이어졌다.

우즈는 공짜로 대회에 나오는 사람이 아니다. 지갑도 두둑해졌다. 초청료로만 한국에서 2박3일 일정에 150만 달러, 일본에서 6일에 300만 달러를 받았다. 한국 카지노에서 10만 달러를 벌었고 일본에서 우승 상금 40만 달러를 받았으니 500만 달러를 번 것이다. 그가 일본 카지노에서는 얼마를 벌었는지 알 수 없다. 일주일간 머물렀으니 상당한 액수의 돈을 벌었을 것이다.

미야자키에서 인상적인 경기를 보고, 최경주의 조언을 듣고 나니 우즈에 대해 관심을 가지게 됐다. 이듬해 4월 우즈는 마스터스에서 우승했다. 16번 홀에서 공이 90도 꺾여가다가 홀 앞에서 멈추는가 싶더니 쏙 들어가는, 오래 기억될 장면을 만들었다. 우즈는 그해 세인트앤드루스 올드 코스에서 열린 디 오픈 챔피언십에서도 우승했다.

세인트앤드루스 올드 코스는 골프의 성지로 불리는 곳이다. 프로가 된 후 우즈는 골프 성지에서 열린 디 오픈에 두 번 나가 모두 우승했다. 나는 우즈는 뭔가 특별

하다고 확신하게 됐다.

우즈가 스윙을 교정하며 슬럼프에 빠졌을 때 "우즈가 누구냐"며 비아냥대던 비제이 싱을 끌어내리고 다시 랭킹 1위로 올라섰다. 우즈의 세 번째 전성기가 열렸다. 역대 우즈의 최고 전성기일지도 모른다고 생각했다.

기자로서 최고 선수의 전성기 모습을 관찰할 수 있는 것을 행운이라고 여겼다. 내가 골프를 담당한 첫 해에 우즈가 처음 한국에 오고 일본까지 이어지는 일정을 취재할 수 있었던 건 대단한 인연이라고 생각했다. 그의 모든 것을 보고 싶었다. 이후 나는 우즈의 경기는 거의 빼놓지 않고 봤다. PGA 투어 중계를 보려고 새벽 3~4시에 일어나기 시작했다. 재방송을 봐도 되지만, 결과를 알고 보면 짜릿한 흥분을 느낄 수 없었다. 우즈는 드라마틱한 우승으로 나의 기대를 200퍼센트 채워줬다. 새벽에 일어나 잠을 깨운다고 집사람에게 혼도 많이 났지만, 놓칠 수 없는 시간이었다.

나는 스포츠 팬이 아니라 기자다. 기자는 일종의 역사가라고 생각한다. 조선시대 사관이 그랬던 것처럼 응원단이 될 수는 없다. 우즈의 여러 면을 다각적으로 보려 했다. 그의 버디와 이글만 보지 않고 마음을 보려 했다. 그렇게 보니 흥미로운 점이 많았다.

우즈는 매우 냉정한 황제였다. 패자에 대한 배려 같은 것은 없었다. 아이들에게 사인을 해주는 일도 없다. 그는 기자회견에서 진실을 얘기하지 않았다. 분명 샷이 잘 안돼서 퍼트로 겨우 버텼는데 샷은 잘됐는데 퍼트가 안됐다고 하는 식이었다. 재승덕(才勝德)의 스타는 흔히 있다. 우즈는 정도가 좀 심했다.

2005년 US오픈 때는 퍼트가 들어가지 않자 퍼터를 질질 끌고 걸어가며 그린을 손상시켰다. 왜 그랬느냐는 기자의 질문에 신경질적으로 "실망했기 때문"이라고 답했다. 사과는 안 했다. 그의 캐디는 사진기자와 관중의 카메라를 물에 던져버리기도 했다.

나는 스포츠가 인격 테스트는 아니라고 생각한다. 물론 좋은 사람이 1등을 하기를 원하지만 세상이 항상 공평하지 않고, 항상 정의롭지도 않다는 것을 안다. 뛰어난 스타 선수는 완벽에 가까운 경기를 하지만 그들의 마음과 정신까지 완벽한 것은 아니다.

영화 '카사블랑카'(1942) 등으로 유명한 20세기 명배우 험프리 보가트는 "내가 대중에게 빚진 것은 좋은 연기뿐"이라고 했다. 보가트는 술 때문에 자주 문제를 일으켰고, 결혼은 네 번 했다. 그래도 그는 배우는 연기만 잘하면 된다고 여겼다. 일리가 있다. 배우는 연기를 잘

해야 하고, 스프린터는 잘 뛰어야 하며, 소방관은 불을 잘 꺼야 한다.

우즈는 잘했기 때문에 갈채를 받았다. 우즈는 2005년과 2006년 8개 메이저 대회에서 4승을 했다. 2등 한 번, 3등 한 번, 4등 한 번을 했다. 그는 딱 한 대회에서만 컷탈락했다. 아버지가 돌아가신 다음 달에 열린 2006년 US오픈이었다. 우즈는 US오픈 1, 2, 3번 홀에서 모두 보기를 했다. 12오버파로 96년 프로 데뷔 이후 메이저 대회에서 처음으로 컷탈락하는 수모를 겪었다.

그러나 우즈는 한 달 후 디 오픈에서 우승했다. 그는 캐디 스티브 윌리엄스와 포옹하다가 냉정한 황제답지 않게 펑펑 눈물을 흘렸다. 그는 그린 밖으로 걸어 나가다 아내의 가슴에 파묻혀 또 오열했다. 우즈는 "아버지는 이 들판에 나오셔서 나의 마음을 평안하게 해주셨다. 그래서 이번 주 내내, 특히 오늘 나는 매우 침착했다"고 말했다.

그는 골프장에 '망자(亡者)의 혼(魂)'이 있다고 느낀 것 같다. 그는 아버지가 이 우승을 도와주고 이제 완전히 그의 곁을 떠났다고 믿었다. "마지막 퍼트를 끝낸 뒤 이제 다시는 아버지를 볼 수 없다는 것을 실감했다. 캐디가 '이 우승은 아버지의 것'이라고 말했을 때 내 마음

속의 모든 감정이 북받쳐 올라왔다"고 우즈는 말했다.

아들에게 아버지는 중요한 존재다. 나도 아버지를 일찍 잃었다. 돌아가신 아버지를 그리워하는 아들을 보면 조금 더 애틋한 마음을 가지게 된다. 아버지를 여읜 후 우승한 선수들이 공개된 장소에서 모두 폭포 같은 눈물을 흘리지는 않는다. 그와 아버지의 관계는 무엇일까?

우즈의 마술 같은 한 주 2000년 US오픈

우즈는 1997년 마스터스에서 열두 타 차 우승을 하면서 세상을 놀라게 했다. 이에 못지않게 놀라운 일은 우즈가 압도적인 우승 직후 스윙 개조에 착수한 것이다. 코치인 부치 하먼이 "이미 잘하고 있으니 적당히 스윙을 손보자"고 했지만, 우즈의 사전에 '적당히'는 없었다. 우즈는 스윙 교정을 비밀로 했다. 그 기간 중 우즈 성적이 아주 좋지 못해 '우즈 거품론'이 일기도 했다.

1999년 중반 우즈는 코치인 하먼에게 "이제 알았다"라는 메시지를 보냈다. 새 스윙을 완전히 깨달았다는 의미다. 이후 사람들은 매주 신이 내려와 PGA 투어에서 경기했다고 평했다. 하이라이트가 2000년 US오픈이다. 대회 100회를 기념해 명 코스인 페블비치에서 열렸다. 우즈에게는 프로로서 딱 100번째 대회였다. 골프 역사상 최고의 퍼포먼스가 이곳에서 나왔다. US오픈 사상 처음으로 두 자릿수 언더파(-12)를 기록했고 2위와 열다섯 타 차로 우승했다.

우즈는 2000년 US오픈 이전까지 23개 대회에서 12승을 했다. US오픈 직전 우즈가 얼마나 뛰어났는지에 대한 증언이 몇 개 있다. 우즈는 자신의 코치 부치 하먼이 있는 라스베이거스에서 연습 라운드를 했다. 바람이 매우 강했는데 우즈는 63타를 쳤다. 370야드의 10번 홀에서는 1온을 해 이글을 했고 이후 소나기 버디가 나왔다.

라운드를 지켜본 사람들은 라스베이거스 스포츠 도박 샵을 찾아 US오픈에서 우즈가 우승한다는 쪽에 베팅을 했다. 당시 프로 전향을 앞둔 아마추어로 함께 라운드했던 아담 스콧은 "다른 프로 선수들도 저렇다면 나는 프로가 돼도 가능성이 없겠다고 여겼다"고 말했다.

물론 PGA 투어 선수들이 다들 우즈 같지는 않았다. 폴 고이도스는 대회 직전 우즈와 연습 라운드를 했다. 우즈는 12번 홀에서 195야드를, 마지막 홀에서는 230야드를 똑같이 4번 아이언으로 쳤다. 고이도스는 "우즈의 아이언은 놀랍다. 어떠한 라이에서도 거리를 완벽히 컨트롤한다"라면서 "우즈가 열 타 차로 우승할 것"이라고 했다. 고이도스의 예상은 틀렸다. 우즈는 열다섯 타 차로 우승했다.

우즈는 97년, 열두 타 차로 우승한 마스터스 첫 아홉 개 홀에서 4오버파를 쳤다. 2000년 US오픈에선 처음부터 완벽했다. 첫날 6언더파 65타로 선두에 나섰다.

US오픈이 보통 우승자 스코어가 이븐파 정도가 되도록 어렵게 코스를 설계하고, 우즈가 슬로스타터인 것을 고려하면 대단한 스코어다. 우즈는 2라운드가 끝나고 타수 차를 여섯, 3라운드 후 열 타 차로 벌렸다.

모두 US오픈 기록이었다. 우즈는 최종 라운드에서도 점수를 지키지 않고 경쟁자들을 짓밟았다. 우즈를 상징하는 붉은 색 공포는 이때 시작됐다. 4개 메이저 대회를 연속 우승하는 우즈의 '타이거 슬램'의 시작이기도 했다.

당시 공동 2위는 3오버파의 어니 엘스와 미겔 앙헬 히메네스였다. 엘스는 "나가기 전부터 기회가 없다는 것을 알았다. 우즈의 퍼포먼스를 즐겼다"고 했다. 히메네스는 "우즈를 볼 좋은 기회였다"면서 "(우즈는 다른 세상에서 경기했으니) 나와 엘스가 연장전을 해야 한다"고 농담했다.

티잉그라운드에서도, 페어웨이에서도, 그린에서도 우즈는 완벽했다. 특기할 점은 우즈가 3퍼트를 한 번도 안 했고 3미터 이내의 퍼트는 모두 넣었다는 점이다.

페블비치는 그린 잔디가 포아애뉴아 종이라 울퉁불퉁하다. 특히 짧은 퍼트가 힘들다. 우즈는 "이 잔디에서 3미터 이내 퍼트를 모두 넣은 것은 내가 생각해도 대단하다. 그러나 이를 이룰 수 있게 한 것은 롱게임이다. 항상 오르막 퍼트를 할 수 있도록 아이언샷을 친 것이 비결"이라고 했다.

우즈는 "다른 우승은 스윙을 빌려서 했다면 2000년 US오픈과 뒤이은 디 오픈(여덟 타 차 우승)에서는 내가 소유한 스윙으로 우승했다"고 말했다. 그 정도로 만족한 대회였다. 2019년 US오픈이 다시 페블비치에서 열렸을 때 우즈는 "19년이 지났지만 그때의 모든 샷들이 거의 기억이 난다. 마술 같은 한 주였다"고 말했다.

Tiger
Woods

3장

로스 앤젤 레스

우즈도
자신이 누구인지
몰랐다

　　　　　　　　6개월 된 아기를 차고 의자에 앉혀 놓고 아버지는 5번 아이언으로 스윙했다. 아버지가 공을 한 번 치고 나면 아기는 입을 벌렸고 어머니는 이유식을 먹였다. 1976년 미국 캘리포니아주 로스앤젤레스 인근 타이거 우즈의 집에서 일어난 일이다.

　우즈의 전기《타이거 우즈》를 보면 뇌신경학자들의 입을 빌려 신생아의 반복적 경험은 뇌에 강력하고 오래 지속하는 효과를 만든다고 설명한다. 차고에서 스윙을 보고 음식을 먹으면서 우즈는 부모와 강력한 신뢰관계를 형성했다. 우즈는 11개월이 되자 의자에서 내려와 아버지가 자신을 위해 만든 조그만 골프채를 휘둘러 공을 네트에 맞혔다. 소아 심리학자들은 똑똑한 아이들은 부모님을 즐겁게 해야 한다는 욕망이 강하다고 설명한다. 자신이 힘들더라도 부모가 바라는 아이라는 것을 증명하려 한다는 것이다.

우즈는 사생활에 대한 강박이 있다. 그의 요트 이름은 '프라이버시(사생활)'이며 물고기는 자신을 알아보지 못한다는 이유로 다이빙을 좋아한다. 두 살 때부터 TV에 나오고, 세계에서 가장 유명한 사람이 됐지만 사생활은 철저히 숨겼다.

우즈가 사생활을 숨긴 건 이해가 된다. 아버지 얼 우즈는 미국 캔자스 주에서 태어났다. 15세 때 고아가 됐고 독재자 같은 누나 밑에서 자랐다. 얼 우즈는 야구 선수 시절, 또 군 복무 시설 인종 차별을 겪었다고 생각하며 아들로 하여금 대신 한을 풀게 하려 했다.

얼 우즈는 태국에서 하급 장교로 근무하다가 열두 살 연하의 쿨티다 푼사와드를 만났다. 그리고 전 부인과 이혼하지 않은 상태에서 쿨티다를 미국으로 데려와 결혼했다. 쿨티다가 우즈를 낳았다.

쿨티다도 상처가 많다. 다섯 살 때 부모가 이혼했다. 자신의 부모 같은 사람이 되지 않겠다고 다짐하며 아이에게 모든 걸 바쳤다.

어린 시절 우즈는 말더듬증을 앓았다. 그러나 골프에 관해 얘기할 때는 그 증세가 하나도 없었다. 우즈는 똑똑했다. 고교 시절 공부를 잘했고 골프로 명성도 날렸다. 그러나 학교에서 존재감은 없었다. 그는 고개를 숙이고 다녔다.

그는 용기를 내 치어리더를 하는 한 살 위 여자 친구를 사귀게 됐다. 여친 다이나 그라벨은 다른 또래 남자 아이와 달리 허세가 없고 조용한 우즈를 좋아했다. 그런 우즈지만 골프채를 들면 완전히 달라졌다. 다이나는 "진짜 당신이 누구인지 알려 달라"고 했으나 우즈도 그 답을 몰랐다.

우즈는 아버지로부터 "이기면 모든 것을 가질 수 있다"고 배웠다. 어려서부터 워낙 뛰어났기 때문에 골프도 무료로 했고 용품도, 레슨도 공짜로 받았다. 아버지는 그들에게 고맙다고 하지 않았다. 이렇게 뛰어난 우즈를 가르치게 된 것을 오히려 고맙게 여기라는 의미였다. 실제로 그랬다. 그들은 천재 우즈의 이름에 편승하는 걸 감사해했다. 우즈는 모든 책임에서 면제됐고 감사해야 할 이유가 없다고 배웠다.

얼 우즈는 아들을 사랑했지만 자신의 방법대로 가르쳤다. 자신이 경험한 전장의 심리전, 그리고 전쟁포로가 됐을 때를 대비해 교육받은 군대 스킬을 아들에게 전수했다. 퍼트할 때 일부러 소리를 쳤다. 아들에게 "이 조그만 ××야. 검둥이 ××야, 골프채로 나를 내리찍고 싶지, 그런데 그럴 용기나 있냐, 이 ××야"라고 소리를 질렀다. 얼 우즈는 "아들을 정신적으로 강한 사람으로 만들고 싶었으며 그 목적을 달성했다"고 했다.

어머니도 강했다. 우즈를 대회장에 데리고 다니면서 "상대를 완벽히 밟아야 한다. 다정하게 대해 주면 그들이 돌아와 등을 찌를 것이다. 그들을 죽이고 그들의 심장을 가져와라"라고 가르쳤다.

우즈는 부모의 말을 잘 따랐다. 대표적인 예가 1996년 열린 US아마추어 챔피언십이다. 우즈는 2년 연속 우승을 했고 이 대회에서도 결승에 올라 3연패를 바라보고 있었다. 그러나 결승에서 생각대로 잘 안됐다. 상대인 스티브 스콧은 50야드나 되는 드라이브샷 거리 열세를 퍼터로 만회하면서 치고 나갔다. 세 홀을 남기고 스콧이 두 홀 차로 앞선 상태였다. 이 홀에서 이기면 경기가 끝난다. 스콧이 먼저 버디퍼트를 해야 했는데 앞에 우즈의 마크가 가리고 있었다. 우즈는 스콧의 요구에 따라 마크를 치워줬다. 스콧의 버디퍼트는 들어가지 않았다. 이제 우즈의 차례였다. 우즈는 옮겨 놨던 마크를 원위치하는 것을 잊었다. 그 상태로 퍼트를 하려 했다. 상대인 스콧은 우즈에게 마크를 원래 자리에 갖다 놓은 후 퍼트해야 한다고 알려줬다.

그제야 우즈는 마크를 옮겼다. 우즈는 버디퍼트에 성공했고 결국 연장전을 치러 승리했다. 만약 스콧이 말해주지 않았다면 우즈가 지는 상황이었다. 우즈는 경기후 감사하다는 말을 하지 않았다. 현재 골프장에서 레슨을 하며 골프숍을 운영하는 스콧은 "우즈라는 이름의 기계와 경기했다"고 말했다. 우즈는 친구를 만들려 나간 것이 아니라 이기려 나간 것이었다.

한창 때의 타이거 우즈는 소시오패스였다고 여기는 스포츠 심리학자들이 있다. 2014년 발간된 《나, 소시오패스》라는 책에 의하면 소시오패스는 반(反)사회적 인격 장애로, 자기중심적이고 감각 추구적 성향이 있다. 대인관계에서의 지배욕, 언어 폭력성, 과도한 자부심도 특징이다. 감정이 메말랐고 그래서 복잡한 상황에서도 동요하지 않는다.

6년간 우즈의 코치였던 행크 헤이니는 책 《빅미스》에서 "그는 스트레스를 받을 때도 집중력을 유지할 수 있는 엄청난 능력이 있다. 동시에 이기심·과대망상·똥고집·차가움·잔인함·좀스러움·싸구려 기질도 있다"고 했다.

우즈는 남에게 관심이 없다. 우즈는 TV를 볼 때 아이스크림을 먹곤 했는데 한 번도 헤이니에게 먹어보라고 권한 적이 없었다고 한다. 우즈는 자신의 레슨서인《나는 어떻게 골프를 하나》에서 "상대의 머릿속에 들어가 그를 무너뜨릴 수 있다면 매치를 끝내는 데 유리하다"고 썼다.

우즈는 연습 라운드에서 돈 내기를 하다 지면 두 배를 걸고 더 하자고 조르는 버릇이 있었다. 내기를 할 때는 자기가 질 수 없는 상황을 만든다. 돈 내기는 싱거워 동네 프로 지망생과는 타당 150개씩 푸시업 내기를 하기도 했다. 그는 어린 선수들이 고통스럽게 푸시업 하는 것을 지켜보는 걸 즐겼다고 헤이니는 증언했다.

소시오패스는 진실하지 않고, 이에 대해 죄의식을 가지지 않는다고 한다. 우즈는 기자회견에서 진실을 거의 말하지 않았다. 미디어와 철저히 계산된 거래를 하려 했다. 소시오패스는 반사회적인 사이코패스와는 다르다. 소시오패스가 나쁘기만 한 건 아니다. 한 곳만 바라보는 집중력, 감정 조절, 모험 추구, 정상에 대한 갈망은 장점이다. 소시오패스의 에너지를 범죄가 아니라 스포츠에 투사할 수 있다면 위대한 챔피언을 만들 수 있다. 우즈가 그랬다. 벤 호건을 비롯, 월터 헤이건, 닉 팔도 등도 마키아벨리와 냉혈한의 모습을 가졌다고 평가받는다.

우즈는 열한 차례 올해의 선수상을 탔다. 그가 아프지 않은 해에는 모든 걸 다 가져갔다고 생각하면 된다. 683주 동안 세계랭킹 1위를 지켰다.

거의 8년 동안 컷탈락이 없었다. 무려 142경기 연속 컷 통과 기록이다. 바이런 넬슨의 11연승(1945년)과 더불어 골프에서 불멸의 기록으로 남을 것이라고 평가된다. 현역 선수로 우즈의 기록에 가장 근접한 기록은 아담 스콧의 46경기 연속 컷 통과다.

스포츠 기록 전문가 조 페타에 의하면 142경기 연속 컷 통과보다 어려운 기록을 우즈는 세웠다. 2000년, 89라운드 연속 참가 선수 평균보다 좋은 스코어를 기록한 것이다. 골프는 1등이 계속 1등을 하는 스포츠가 아니다. 이런저런 사정으로 한두 라운드 망칠 수도 있다. 아니 망치게 돼 있다. 우즈는 그러지 않았다. 우즈가 경기한 시간에도 폭풍이 불거나, 장대비가 내렸을 것이다. 우즈가 독감에 걸렸거나, 뭔가 잘못 칠 상황이 있었을 텐데도 그랬다. 그는 무너지지 않았다.

우즈는 2000년 페블비치 프로암에서 아홉 개 홀을 남기고 일곱 타를 뒤지다 역전승했다. 조니 워커 클래식에서는 어니 엘스에 여덟 타 뒤지다 역전하는 등 동반자들을 공포에 떨게 했다.

우즈는 골프를 바꿨다. 골프는 나이든 남자들이 좋아하는 스포츠였는데 우즈가 나오고 나서는 일반인도 관심을 가지는 대중스포츠가 됐다. 우즈의 전성기 시절, 골프는 미국에서 NFL(미식풋볼리그)과 NBA(미국프로농구) 시청률을 눌렀다.

우즈는 1996년 "헬로 월드"라는 인사와 함께 프로에 데뷔했다. 나이키에서 5년간 4000만 달러, 타이틀리스트에서 2000만 달러를 받았다. 동료들은 그를 질시했다. 아마추어 때 잘하더라도 프로는 한 타 한 타에 돈이 걸려 있으니 완전히 다르다고 그를 깎아 내렸다. 그러나 우즈는 프로가 되자 아마추어 때보다 오히려 더 잘했다. 그에 대한 팬들의 반응은 워낙 폭발적이어서 데뷔전은 비틀스의 첫 미국 공연과 비교됐다.

이후 선수들은 "우즈가 상금을 다 가져 간다"고 투덜거렸다. 사실과 다르다. 우즈가 처음 PGA 투어에 나온 1996년에 대회 평균 상금은 150만 달러였다. 2019년 현재 평균 상금은 750만 달러로 약 다섯 배가 되었다. PGA 투어에서 우승 상금은 총상금의 약 20퍼센트다. 우즈가 5분의 1을 다 가져간다고 해도 80퍼센트가 남는다. 동료들은 우즈 덕분에 네 배 부자가 됐다.

우즈 이후 정상급 프로 골퍼는 전용기를 타고 다닌

다. 그의 부인과 여자 친구, 전 부인까지 모두 롤렉스를 찬다. 골프 대회는 타이거 우즈가 참가하는 대회와 그렇지 않은 평범한 대회로 나뉘었다. 시청률, 관중 수 등이 비교가 안 됐다.

성적만이 아니라 전설 같은 이야기도 많이 남겼다. 98년 마스터스 직전 〈스포츠일러스트레이티드〉는 우즈와 진짜 호랑이가 같이 등장하는 표지 사진을 기획했다. 선택된 호랑이는 동물원에 있는 백호였다. 유순한 호랑이를 골랐는데 사진을 찍는 스튜디오에서는 신경이 날카로워졌다. 번쩍이는 조명과 낯선 환경 속에서 호랑이는 공격성을 드러냈다. 관계자들은 우즈의 안전을 우려해 촬영을 취소하려 했다. 그러나 우즈는 괜찮다고 했다. 우즈가 나타나자마자 호랑이가 잠잠해졌다. 우즈의 자신감 넘치는 날카로운 눈빛에 호랑이의 기가 죽은 것으로 보인다.

얼 우즈는 아들을 '선택된 자(chosen one)'라고 얘기했다. 무하마드 알리, 조 루이스, 재키 로빈슨 등 뛰어난 운동선수 정도가 아니라 넬슨 만델라, 간디, 붓다 같은 존재라고 말이다. 역사상 인간에게 가장 큰 영향을 미친 인물이며 동양과 서양을 연결할 선택된 한 명이라고 주장했다.

물론 우즈 부친의 얘기는 과장됐다. 그래도 우즈는 자신을 특별한 존재라 여겼다. 왕과 대통령과 록스타와 할리우드 배우들이 그를 만나고 싶어 했다. 그들 모두 우즈를 만난 것은 아니다. 97년 마스터스 우승 직후 빌 클린턴 대통령은 우즈를 백악관에 초청했다. 우즈는 백악관에 가는 대신 친구들과 휴가를 떠났다.

2006년 우즈의 아버지가 세상을 떠났다. 놀랍게도 우즈는 그렇게 사랑하던 아버지의 묘비를 세우지 않았다. 아버지의 무덤은 캔자스 시골 묘지에 비석도 없이 방치되어 있다. 그 결정은 어머니가 한 것으로 보인다. 우즈의 엄마 쿨티다는 "나는 그를 용서하지 않는다"고 했다. 우즈의 아버지는 섹스 중독자였다. 외도가 잦았고 부인을 학대했다. 반면 어머니는 아들의 성공을 위해 가정을 지켰다. 우즈의 가족사는 골프 황제의 머리를 복잡하게 만들었다.

타이거 우즈의 라이벌이던 필 미켈슨은 우즈가 몸이 아파 누워 있던 2016년 "우즈의 전성기 시절 실력에 근접한 선수는 없다. 멘털, 쇼트게임, 볼스트라이킹 어느 한 분야에서도 우즈 근처에 간 선수가 없다"고 평했다. 미켈슨은 우즈가 최고 기량을 발휘하던 때는 2000년이라고 평했다. 새로운 밀레니엄을 맞은 2000년, 우즈의 시즌 평균 타수 68.17은 골프 역사상 가장 낮다. 우즈는 그해 PGA 투어의 36개 통계 중 25개 부문에서 1위였다. 20경기에 나가 아홉 번 우승했다.

우즈는 2000년 골프 선수 중 드라이브샷(298야드)을 두 번째로 멀리 치고 아이언샷(75.1퍼센트)이 최고로 정교했으며 퍼트 능력(그린 적중 시 평균 퍼트 수 1.717)은 2위였다. 우즈의 2000년과 비교할 수 있는 유일한 기록은 안니카 소렌스탐의 2004년이다. 소렌스탐은 그해 LPGA 투어에서 드라이브샷 거리 3위(268야드), 그린 적중률 1위(78.8퍼센트), 그린 적중 시 퍼트 수 2위(1.75)였다.

2000년 우즈는 미켈슨이 언급한 로리 매킬로이, 조던 스피스, 제이슨 데이의 최고 시즌보다 뛰어난 성적을 냈다. 그러나 미켈슨의 얘기대로 단 한 분야라도 우즈 근처에 간 선수가 없었을까.

매킬로이의 최고 시즌은 메이저 2승을 한 2014년이다. 기록상 스피스와 데이의 가장 뛰어난 시즌은 2015년이었다. 우즈의 2000년과 비교해볼 수 있다.

◇ 롱게임

우즈는 2000년 드라이브샷 평균 거리가 298야드로 존 댈리에 이어 2위였다. 데이는 2015년 거리 313야드(3위), 매킬로이는 2014년 310야드(3위)를 기록했다. 우즈보다 12야드 이상 멀리 쳤다. 그러나 21세기 초 장비 혁명으로 평균 드라이브 샷 거리가 10야드 정도 늘어났다는 것을 알아야 한다. 그러므로 우즈와 맥킬로이의 거리는 비슷하다고 봐야 한다.

우즈는 2000년엔 장타자 치고는 정확성도 높았기 때문에(71.22퍼센트, 54위) 드라이버 샷 능력을 종합적으로 평가하는 토털 드라이빙에서 1위였다. 그들의 최고 시즌, 매킬로이의 토털 드라이빙 능력은 16위, 스피스는 52위, 데이는 60위였다.

아이언샷 능력의 척도인 그린 적중률에서 우즈는 1위(75.1퍼센트)였다. 데이만 70퍼센트에 턱걸이했고 매킬로이와 스피스는 그에 미치지 못했다. 드라이버와 아이언샷을 포함, 롱게임의 전반적 능력을 평가하는 볼스트라이킹에서 우즈는 1위였다. 매킬로이가 7위, 데이가 24위, 스피스는 45위였다.

◇ 쇼트게임

골프에서 '드라이브샷은 쇼, 퍼트는 돈'이라는 말은 네 선수의 최고 시즌을 보면 맞는 얘기다. 네 선수가 뛰어난 능력을 발휘한 해에 퍼트 실력이 모두 정상급이었다.

2000년 우즈는 그린 적중 시 평균 퍼트 수가 1.717로 2위였다. 2015년 스피스는 1.699로 1위, 제이슨 데이가 1.712로 2위였다. 퍼트 실력이 빼어나지 않은 매킬로이지만 2014년엔 그린 적중 시 퍼트 수가 1.708으로 1위였다. 숫자로만 보면 스피스와 매킬로이가 우즈보다 미세하게 낫다고 볼 수 있다.

그린 주변 쇼트게임은 우즈가 최고였다. 그린을 놓쳤을 경우 파 세이브 혹은 버디를 잡을 확률이 67.1퍼센트였다. 데이(65.3퍼센트), 스피스(65.0퍼센트)보다 높았다. 매킬로이는 이 분야에서 58.5퍼센트로 88위여서 한 단계 아래다.

퍼트와 그린 주위 샷을 포함한 쇼트게임 전반으로 보면 우즈가 가장 뛰어났지만 데이와 스피스가 멀리 떨어지지는 않았다.

◇정신력

미켈슨이 얘기한 멘털 능력을 숫자로 정확히 표시할

통계는 없다. 투박하지만 우승 기회를 잡았을 때의 마무리 능력(톱 10 중 우승 비율), 또 컨디션이 좋지 않아도 포기하지 않고 버티는 일관성(컷 탈락 비율) 등을 들 수 있을 것이다. 우즈는 2000년 열일곱 번 톱 10에 들었고 그중 아홉 번 우승해 우승 비율이 53퍼센트였다. 제이슨 데이도 45퍼센트로 꽤 높았다. 스피스는 33퍼센트, 매킬로이는 25퍼센트였다. 매킬로이의 기록도 일반 선수 중에서는 매우 높은 수치인데 우즈에 비하면 초라하다.

우즈는 2000년 컷탈락이 한 번도 없었다. 가장 나쁜 순위가 23위였다. 매킬로이도 2014년 컷탈락이 없었다. 최악의 순위가 25위였다. 반면 스피스는 2015년 25경기에 나갔다가 컷탈락을 네 번 당했다. 데이는 20경기에서 두 번 컷탈락했다. 멘탈리티를 종합하면 우즈는 압도적이다. 나머지 세 선수 모두 우즈 근처에 못 갔다고 볼 수 있다.

우즈의 2000년 성과는 놀랍다. 이전에 없었고 앞으로도 나오지 않을 가능성이 있다. 비교한 세 선수의 가장 좋은 기록을 조합해도 우즈의 2000년에는 못 미친다. 타이거라는 한 선수가 이 모든 것을 가지고 눈이 번쩍 뜨이는 경기를 했다.

그러나 특정 분야에서 2000년의 우즈에 근접한 선수는 있었다. 퍼트에서는 세 선수 모두 우즈와 비슷한 수준의 기록을 보였다. 스피스와 데이는 쇼트게임에서 우즈와 비슷한 퍼포먼스를 보여주었다. 매킬로이는 일관성에서 우즈와 별 차이가 없었다. 매킬로이와 데이는 드라이버 거리에서 우즈에 밀리지 않았다.

특히 스피스의 쇼트게임은 숫자 이상으로 뛰어나다. 스피스는 2015년 평범한 롱게임(그린 적중률 49등)을 가지고 메이저 2승을 했다. 스피스가 2000년 우즈만큼 롱게임을 했다면 우즈 이상의 기록을 냈을 거라고 가정할 수도 있다. 부족한 파워를 가지고 최고 수준에서 경기한 스피스의 멘탈리티도 높이 평가해야 한다.

결과적으로 우즈가 압도적으로 위대하다는 미켈슨의 평가는 맞지만 아무도, 어떤 분야에서도 우즈 근처까지 가지 못했다는 말은 숫자로 보면 적절하지 않다.

"나는 우즈의 팬"이라고 대놓고 밝힌 어니 엘스 등과 달리 미켈슨은 우즈와 끝까지 드잡이를 하려 한 선수다. 우즈에 대해 좋은 말을 거의 안 했다. 그런 미켈슨이 우즈의 위대함을 얘기했다. 미켈슨은 우즈에 대해 약간 과대 포장된 생각을 가지고 있었다. 이를 직접 발설한 것이 흥미로웠다. 우즈가 예전 모습으로 다시 돌아올 수 없다고 판단했기 때문일 것이다. 우즈는 더 이상 경쟁자가 아니라는 메시지를 준 것이다. 그러나 이를 말함으로써 내면에 가지고 있던 우즈에 대한 공포가 드러났다.

"우즈를 이길 수 있다"고 했던 미켈슨마저 속으로는 "아무도, 어떤 분야에서도 우즈 근처에도 가지 못했다"고 생각했다는 것이다. 우즈는 가장 반항적인 라이벌도 그렇게 느끼게 만들었다. 실제보다 더 큰 공포를 갖게 했다. 그게 우즈와 요즘 최고 선수들과의 가장 큰 차이다.

Tiger Woods

4장

"죽으면 푹
잘 수 있잖아"

서울

　　　　　　　　나는 장충 체육관과 가까운
곳에 있는 고등학교를 다녔다. 내가 고등학생이던 1980년
후반엔 농구 열기가 대단했다. 나는 찬바람이 부는 농구
시즌이 되면 장충체육관에 가서 농구대잔치를 봤다. 학
교가 체육관과 가까워 표를 구하기가 쉬웠다. 하도 자주
가다 보니 몰래 들어갈 수 있는 비밀통로도 알게 됐다.

　신문사에 들어온 후에는 사회부 기자를 했다. 기자
라면 당연히 사회의 정의를 위해 일하는 사회부 기자를
해야 하는 줄 알았다. 굵직한 사건이 많이 터지는 강남
경찰서를 출입하는 민완기자로 인정을 받기도 했다. 그
래도 농구를 좋아했기 때문에 스포츠 면을 열심히 봤다.
당시 중앙일보 농구 기자는 허진석 기자였다. 이전에 보
던 스포츠 기사와는 완전히 다른 글을 썼다. 이런 식이
었다.

"한국에서 농구선수 하은주의 큰 키는 '장애'였다. (그의 아버지) 하동기 씨는 은주가 중학생일 때 부엌에 숨어 인스턴트커피를 숟가락으로 퍼먹는 모습을 본 적이 있다. 은주는 '커피를 많이 먹으면 뼈가 녹아 키가 자라지 않는다'는 말을 들었다고 했다. 하동기 씨는 딸을 안고 많이 울었다."

거인 집안의 농구 선수 하승진의 누나로 역시 농구를 한 하은주에 관한 기사다. 허진석 선배는 시인이었다. 농구 기자였지만 농구는 도구에 불과했다. 사람들의 마음을 썼다.

이론도 해박했다. 경기 후에는 감독들이 그에게 전화해서 "우리 팀이 왜 졌느냐"고 물었다. 그러면 허진석 선배는 "3쿼터 5분에 문경은이 슛을 던질 위치가 오른쪽 45도 각도가 아니라 왼쪽이었다면 더 좋았을 것이고……" 등등을 조언했다. 기자가 특정 팀에 작전을 조언하는 것이 저널리즘 윤리에 맞는지는 애매하다. 그러나 거의 모든 팀 감독이 그에게 전화했으니 꼭 그런 것만은 아닐 것이다. 지금은 한체대 교수가 된 허진석 선배는 코칭스태프보다 작전에 대해 더 많이 알았다. 코치 연수를 받고 해외 연수를 할 때는 독일 하부리그 팀에서 감독을 맡았다.

스포츠부에서 처음 일할 때 나 같은 어린 기자는 주로 동농하야(冬籠夏野)였다. 겨울엔 농구, 여름엔 야구, 1년 내내 인기 스포츠의 야간 경기를 막아야 했기 때문에 인간관계가 끊기게 되는 '공포의 나와바리'였다. 야구 팀장은 이태일 기자였다. 나중에 NC 다이노스 사장을 역임한 선배다. 그도 놀라운 사람이었다. 특정 선수가 나오면 오래된 기록을 촬촬 읊었다. 야구뿐 아니라 다른 스포츠에도 해박했다. 이 선배와 한 달간 출장을 가 싸구려 모텔 방에서 함께 잔 적이 있다. 그는 새벽에 AFKN을 보며 야구, 농구, 풋볼, 골프까지 모든 스포츠를 섭렵했다. 하루 이틀도 아니고 거의 매일 그랬다. 나도 잠을 자기 어려웠다. 그래서 물었다.

"선배 잠은 언제 자요?"

"죽으면 푹 잘 수 있잖아."

골프 기자가 된 후 새벽에 일어나 대회를 거의 봤는데 이태일 선배와의 경험이 큰 영향을 미쳤다. 박찬호를 어릴 때부터 알아보고 미국 진출에 대한 꿈을 심어준 사람이 이태일 선배였다. 글도 매우 뛰어났다. 그가 쓴 칼럼 '이태일의 인사이드 피치'는 야구계에서 가장 인기 있는 글이었다. 스포츠 기자는 누가 이겼다 졌다를 쓰는 사람이기도 하지만 세상에 뭔가 더 큰 꿈과 희망을 줄 수 있는 사람이기도 하다는 것을 알게 됐다. 스포츠 기자를 하면서 두 선배와 함께 일하게 된 것을 행운이라고 생각한다.

야구장에서 경기 전 덕아웃 인터뷰는 매우 중요했다. 감독, 고참 선수 등과 얘기를 한다. 덕아웃 농담은 그냥 웃고 즐기는 게 아니다. 중요한 정보들이 담겨 있었다. 깊이 있는 기사를 쓰려면 꼭 필요했다. 그런 분위기가 조금씩 바뀌었다. 스포츠전문 채널에서 여성 리포터들이 나오기 시작하면서부터다. 아무래도 선수들은 남자 기자보다 여성 리포터와 대화하기를 좋아했다. 혈기 넘치는 20대 선수라면 나라도 그랬을 것이다.

2004년, 타이거 우즈가 한국에 올 때 어쩌다 골프도 조금 담당하게 됐다. 골프는 다른 스포츠와 좀 달랐다.

스포츠 기자를 하면서 가설을 하나 만들었다. 멘탈 스포츠와 피지컬 스포츠론이다.

멘탈 스포츠는 여백이 많은 스포츠다. 야구가 대표적이다. 투수가 공을 하나 던지면 경기가 끊어진다. 특별한 일(타자가 공을 치는 일)이 생기지 않으면 여백이 생긴다. 경기가 멈췄을 때 사람들의 뇌는 활발하게 움직인다. 타자는 투수가 다음에 어떤 공을 던질까 생각한다.

두려움을 느끼기도 하고 자신감을 갖기도 한다. 투수도 마찬가지다. 상대 선수, 야수의 수비력, 끝나고 어디 가서 밥을 먹을까를 생각한다. 포수 뒤에 앉은 예쁜 여성이 마음에 든다는 생각도 한다(흔히 있는 일이다).

관중도 경기가 끊어졌을 때 이런 저런 생각을 한다. 기자도 마찬가지다.

반면 축구나 농구는 특별한 일(파울, 사이드라인 아웃 등)이 생기지 않으면 경기가 이어진다. 여백이 별로 없다. 생각보다는 피지컬, 본능으로 움직이는 스포츠다. 축구 같은 피지컬 스포츠와 야구 같은 멘탈 스포츠 중 무엇이 우월하고 열등하다는 것이 아니다. 그 스포츠의 특성이 그렇다는 것이다. 어떤 사람은 피지컬 스포츠를 좋아하고, 어떤 사람은 멘탈 스포츠를 더 좋아할 수 있다. 그냥 취향 문제다.

골프는 극단적인 멘탈 스포츠다. 자신이 한 번 친 후 다른 사람이 치는 것을 봐야 한다. 앞 조나 뒤 조에서 치는 것을 보기도 한다. 또한 다음 샷을 하는 곳까지 한참 걸어야 하는데 그때도 이런 저런 생각을 하게 된다. 직접 경기하는 시간은 몇 분 되지도 않는다. 얼마나 많은 여백이 있는가. 기자 입장에서는 여백이 많은 스포츠가 좋다. 여백을 다양하게 채울 수 있기 때문이다.

스포츠 기자이자 작가인 조지 플림턴은 〈뉴욕타임스〉에 공이 작을수록 수준 높은 작품이 많다는 기사를 냈다. 공의 사이즈도 관계가 있지만 여백의 크기도 관계가 있는 것 같다. 골프 정도의 여백이라면 무덤 속에 누워 있는 골프의 성인 보비 존스를 깨워 기사에 그려 넣을 수도 있다.

제임스 도드슨이 쓴 《마지막 라운드》라는 책을 보고 골프가 문학적으로도 의미가 있다는 생각을 하게 됐다. 책은 암에 걸려 2개월 시한부 인생 선고를 받은 아버지를 모시고 골프의 성지인 세인트앤드루스로 마지막 여행을 떠난 골프 기자의 얘기다. 아버지는 자신의 고통을 보면서 괴로워하는 아들에게 말했다. "인생이 우리에게 약속해 주는 것은 슬픔뿐이야."

그러나 아버지는 그 슬픔 속에서 기쁨을 찾아야 한다는 것, 실수로 가득한 골프 코스에서 새로운 가능성을 볼 수 있다는 것을 가르쳐줬다. 책에서 부자(父子)는 올드 코스에서 골프를 치지 못한다. 누가 라운드를 할지 결정하는 추첨에서 떨어졌기 때문이다. 올드 코스의 라운드는 그들 여행의 목적이었다.

그래서 아들은 다른 수를 써서라도 골프를 할 방법을 찾아보려 했다. 아버지는 '다른 방법'은 원하지 않았다. 골프의 정신을 지키고 싶어 했다. 결국 그들은 땅거미가 지는 올드 코스 페어웨이를 걸으며 상상의 샷을 날리는 것으로 여정을 마감한다. 나도 돌아가신 아버지가 생각나 크게 공감이 됐다.

이 책을 본 후 골프의 성지 세인트앤드루스를 강하게 동경하게 됐다. 골프가 영적인 스포츠라는 것도 알게 됐다. 2009년 한 달간 세인트앤드루스를 비롯해 스코틀랜드로 여행을 다녀왔다. 골프 기자로서 골프의 고향을 봐야 한다는 의무감이 들어서였다. 그냥 여행이라기보다는 기독교인들이 예루살렘이나 성 베드로 성당 등을 성지 순례하는 비슷한 기분이었다.

순례는 안락한 여행이 아니다. 고행에 더 가깝다. 순례 대상 골프장은 한국의 골프장과는 좀 달랐다. 황량한 데다 카트와 캐디도 없고 날씨는 궂었다. 강풍 때문에 수직으로 얼굴을 때리는 빗방울을 맞으면서 거친 러프속에서 공을 찾아 헤매야 할 때가 많았다. 그러면서 골프가 무엇인지, 인생이 무엇인지 생각했다. 세인트앤드루스 올드 코스의 그 유명한 스윌컨 브릿지를 건너 돌아올 때는 내 마음을 그 개울 너머 황무지에 두고 왔다는 것을 알았다.

도드슨은 전설적인 골퍼인 벤 호건의 전기도 썼다.

호건이 열 살 때 아버지는 권총으로 스스로 목숨을 끊었다. 호건이 이 장면을 목격했다고 알려졌다. 호건은 얼음처럼 차가운 사람으로 자랐다. 호건은 재능이 뛰어난 편은 아니었지만 해가 져서 연습을 중단해야 하는 것을 아쉬워할 정도로 노력했고, 골프 역사상 가장 뛰어난 골프 볼스트라이커라는 명성을 얻었다.

벤 호건은 주위 사람들에게 베니 호건이라는 애칭으로 불렸다. 그는 가끔 혼자 여행할 때 호텔의 투숙객 명부 등에 몰래 해니 보건이라는 가명을 쓰곤 했다. 해니 보건이 됐을 때 그는 전혀 다른 사람이었다. 주위 사람들에게 매우 친절한, 따뜻한 마음을 가진 사람이었다. 호건이 원래 차가운 사람은 아닌 것 같다. 아버지의 권총 사건 탓에 몸에 보호막을 둘렀다가 가끔 진짜 자아를 보여준 것은 아닐까 싶다.

그래서 나도 스윙보다 그 사람의 마음을 보려고 했다. 벤 호건 이상으로 비밀도 많고 복잡한 가족사를 가진 타이거 우즈는 가장 흥미로운 대상이었다.

우즈의 첫 캐디는 콧수염으로 유명한 마이크 코완이다. 97년 마스터스 우승을 합작했다. 코완은 우즈의 사생활을 미디어에 얘기했다가 바로 해고됐다. 현재 71세의 코완은 아직도 짐 퓨릭의 캐디를 하고 있다.

이후 뉴질랜드 출신의 스티브 윌리엄스가 우즈의 캐디를 했다. 그레그 노먼 등의 캐디를 맡아 본 윌리엄스는 우즈와 궁합이 맞았다. 열다섯 타 차로 우승한 2000년 US오픈을 비롯, 13개 메이저 우승을 함께 이뤘다. 그러나 우즈의 스캔들 이후 소원해졌고 2011년 해고됐다. 윌리엄스는 해고된 후 우즈와 각을 세웠다. 그는 "우즈는 나를 노예처럼 대했다"고 불만도 표했다.

우즈는 윌리엄스를 해고한 후엔 조 라카바를 썼다. 라카바는 프레드 커플스와 오랫동안 함께 일했고 2011년 초에는 뜨는 별 더스틴 존슨에게 스카웃됐다가 그해 말 우즈의 부름을 받고 즉시 달려갔다. 당시 우즈는 섹스 스캔들 이후 2년여 동안 한 번도 우승하지 못한 '지는 별'이었다. 라카바는 "존슨은 훌륭한 선수지만 우즈의 가방을 메는 것은 최고의 영광"이라면서 자리를 옮겼다.

라카바의 도박은 통했다. 우즈는 2012년과 2013년을 합쳐 6승을 거두면서 세계랭킹 1위에 복귀했다. 그러나 이후 몸이 좋지 않았다. 2014년부터 4년 동안 대회 출전수가 23회에 불과했다. 우즈가 노는 동안 그도 직업이 없었다. 여러 선수가 "우즈는 끝났으니 나와 함께 일하자"고 제안했다. 라카바는 "우즈가 언제 회복할지 모른다. 함께 일하던 선수가 몸 상태가 좋지 않다고 해서 떠나는 것은 그 선수에 대한 예의가 아니다"라면서 거절했다. 사실 라카바가 다른 선수의 캐디를 맡는다 해도 큰 문제는 아니었다. '우즈가 회복하면 바로 돌아가겠다'는 조항을 넣고 계약하면 된다. 그러나 라카바는 그렇게 하지 않았다. 라카바는 지금 우즈와 함께 웃고 있다.

이 의리의 캐디가 완벽한 것만은 아니다. 우즈는 2013년 마스터스 3라운드 공동 선두를 달렸다. 5년 만에 메이저 우승 기회를 잡았다. 15번 홀에서 그가 친 샷은 너무 정확했다. 깃대를 정통으로 맞아 튕겨 나오는 바람에 물에 빠져 버렸다. 화가 난 우즈는 공을 드롭하고 샷을 해서 보기로 마감했다. 그러나 경기를 마친 후 드롭 위치가 잘못된 것이 드러났다.

우즈가 실수를 했지만 캐디가 바로잡아 주지 못했다. 잘 맞은 샷이 물에 빠져 흥분한 우즈의 실수는 이해가 간다. 그러나 캐디가 교정해주지 못한 것은 문제다.

우즈의 캐디가 라카바가 아니라 냉정한 윌리엄스였다면 그런 실수는 하지 않았을 것이다. 우즈가 잘못된 스코

어카드에 사인한 것은 실격 사유였다. 그러나 마스터스 조직위에서는 우즈에게 벌타만 주고 실격은 시키지 않았다. 명백한 실격 사유에 우호적인 판정을 내린 것도 SNS 공간에서 논란이 되었다. '드롭게이트'라는 말도 나왔다.

결국 우즈는 우승을 못 했다. 그해 우승자가 누구였을까. 우즈보다 더 우즈 같은 스윙을 한다는 아담 스콧이었다. 스윙 코치 부치 하면을 두고 우즈와 경쟁을 벌인 선수이기도 하다. 그 스콧이 첫 메이저 우승의 감격을 누렸다. 스콧을 도운 캐디는 누구였을까. 우즈가 버린 캐디 스티브 윌리엄스였다. 아담 스콧은 "캐디의 도움이 매우 컸다"고 말했다.

5장
올랜도

유혹 찾아 멀리 갈 필요 없었다

　　　　　　　　"당신은 내가 사랑한 유일
한 여인이야."

　타이거 우즈의 부인 엘린 노르데그린은 남편의 핸드
폰을 뒤지다 이런 문자를 발견했다. 남편은 수면제를 먹
고 잠에 빠진 상태였다. 전날 타블로이드에 "타이거 우
즈 불륜 스캔들 특종"이 터진 상황이었다. 우즈는 처에
게 "절대 사실이 아니다. 파파라치들이 돈을 벌려고 쓴
거짓말"이라고 했다. 우즈는 "불륜 상대 여성으로 지목
된 레이철 우치텔은 일 때문에 만났다. 그게 전부"라면
서 전화를 연결시켜주기도 했다. 우치텔은 노르데그린
에게 "일 때문에 만난 게 전부"라고 했다.

　노르데그린은 믿지 못했다. 그래서 깊은 밤 남편의
핸드폰을 확인했다. 우즈는 "내가 사랑하는 유일한 여
인"이라고 문자를 써 놓고 보내지는 않았다. 노르데그

린은 이 번호로 "보고 싶어. 우리 언제 다시 보는 거야?"라고 메시지를 보냈다. 곧 답장이 왔다. 노르데그린은 이 번호로 전화했다. 귀에 익은 목소리였다. 전날 우즈가 전화로 연결해준 그 우치텔이었다.

부인의 소란에 잠에서 깬 우즈는 맨발로 도망치듯 집 밖으로 나가 자동차에 시동을 걸었지만 수면제와 진통제에 취해 제정신이 아니었다. 차는 급출발해 울타리를 넘어 옆집으로 넘어갔다가 방향을 바꿔 소화전과 정원수를 들이받았다.

2009년 11월 26일 밤부터 다음 날 새벽까지 일어난 일이다. 그의 전기 《타이거 우즈》와 인터뷰 등을 종합한 내용이다.

미국 플로리다 주 올랜도는 어린이들의 천국이다. 디즈니월드와 유니버설 스튜디오가 있다. 프로 골프 선수에게도 천국이다. 플로리다는 세금이 싸다. 돈을 많이 버는 스포츠 스타와 연예인들이 많이 산다. LPGA 투어에서 뛰는 한국 선수들도 대부분 여기 산다. 우즈도 프로가 된 후 캘리포니아를 떠나 올랜도로 왔다.

우즈의 집에는 마침 추수감사절 연휴를 맞아 찾아온 어머니도 머물고 있었다. 우즈의 전기에 의하면 스캔들이 터졌을 때 우즈가 가장 두려워한 사람은 부인이 아니라 어머니였다. 우즈는 아버지를 존경했지만, 어머니를 학대한 점은 증오했다. 우즈는 방탕한 삶을 살던 아버지처럼 돼버린 자신의 모습을 어머니가 알게 될까 두려워했다.

타이거 우즈는 프로 선수가 된 후 찰스 바클리, 마이클 조던 등과 어울리며 밤 문화와 도박을 배웠다. 골프를 좋아하는 농구의 전설적인 스타들은 우즈에게 '유명인으로서 특권을 누리고 스트레스를 해소하는 법'을 가르쳤다. 여러 여성을 만났기 때문에 우즈의 비밀을 아는 사람이 점점 늘어났다.

우즈는 섹스 중독이었다. 타블로이드 기사가 나온 날에도 여러 명의 정부에게 사랑한다는 메시지를 보냈다. 우즈는 출전한 대회장 인근의 호텔, 나이트클럽의 비밀 방, 차에서 섹스를 즐겼다. 그러다 타블로이드의 안테나에 잡혔다.

사고 이후 우즈의 비밀이 까발려졌다. 관계를 폭로하는 여성이 줄줄이 나왔다. 우즈는 이전까지 사생활을 철저히 감춰왔기에 충격이 엄청났다. 우즈의 집 주위로 방송사 중계차와 헬리콥터가 몰려들었다.

우즈는 잠적했다. 부인의 요구에 따라 섹스 중독 치료도 받았다. 이듬해 2월 나타나 사과 기자회견을 했다.

수십 대의 방송 중계차가 몰리는 등 슈퍼보울 경기에 필적하는 취재진이 왔다. 우즈는 지인 30여 명과 기자 세 명을 앞에 두고 13분 동안 사과 기자회견을 했다. 우즈는 "나는 언젠가 골프로 복귀할 계획을 가지고 있다. 그날이 언제가 될지 모르지만 올해가 될 가능성도 배제하지는 않는다"고 했다. 정치적으로 해석하면 '올해도 배제하지 않는다'는 올해 돌아오겠다는 표현이다. 실제로 우즈는 그해 마스터스에 출전했다.

기자회견에서 한 그의 발언 중 가장 흥미로웠던 부분은 "내 행동이 잘못된 것을 알았지만 나는 나 자신에게는 평범한 규칙이 적용되지 않는다고 생각했다"라는 발언이었다. 우즈는 자신을 매우 특별한 존재라고 생각했다. 그는 회견에서 "나는 평생 열심히 살았기 때문에 주변의 유혹을 즐겨도 된다고 생각했다. 내게 그런 권리가 있다고 느꼈다. 돈과 명예 덕분에, 그런 유혹들을 찾기 위해 멀리 갈 필요도 없었다"라고도 했다.

사과 기자회견이었지만 우즈는 자신이 잘못했다고 여기지는 않는 듯했다. 우즈는 질문을 받지 않았고 참가자도 마음대로 정했다. 그래서 골프 기자들은 회견을 보이콧했다. 부인도 나오지 않았다. 사과 중 감정을 드러내지 않았다. 우즈의 어머니는 "일부 미디어, 특히 타블로이드가 나의 아들을 괴롭혔다. 아들이 불법적인 일을 한 것도 아니고, 누구를 죽인 것도 아닌데 미디어가 이중 잣대를 가지고 있다"고 비난했다.

저명한 골프라이터인 존 페인스틴은 영국 신문 〈가디언〉에 우즈의 이런 선민의식을 지적했다. 그는 "우즈는 자신이 무엇이든 할 수 있고 아무에게도 잡히지 않을 거라 생각했다. 만약 누군가 그 사실을 알더라도 우즈는 사실이 공개되는 것을 막을 수 있다고 여겼다"고 썼다. 실제로 우즈는 주위 사람들과 동료 선수의 입과, 언론의 펜을 묶을 정도로 강력했다.

우즈의 부인 노르데그린은 스웨덴 모델 출신이다. 세상 최고의 미모라는 얘기를 들었다. 골프 황제인 우즈도 2년을 공들이고 나서야 결혼할 수 있었다.

우즈는 절세미녀 부인을 두고 외도했다. 아버지가 돌아가신 후 생긴 가슴속 허전함을 채우려 했던 것 같다. 우즈는 처음엔 비밀이 보장되는 고급 콜걸을 만났다. 그러다 점점 더 범위를 넓혔다. 불나방처럼 점점 더 위험한 곳을 헤맸다. 집 근처 와플 하우스 직원, 동네에 사는 여대생 등이 그 대상이었다. 점점 더 강한 자극이 필요했을 거라고 추측되지만, 한편으로는 우즈가 무의식중에 자신의 이런 밤의 행동이 발각되기를 원했던 것은 아닐까 하는 생각도 든다.

〈뉴욕타임스〉는 "골프 얘기를 빼면 범죄드라마에 나오는 소시오패스 얘기"라고 우즈의 전기를 평했다. 우즈는 아버지가 돌아가신 날 임종을 지키지 않고 근처 빌라에서 란제리 모델과 섹스를 했다. 그가 불륜 대상자에게 보낸 메시지는 글로 옮기기 힘든 폭력과 변태적 학대 표현으로 가득하다. 아버지는 포르노그래피를 즐기면서 아들 돈으로 개인 비서, 회사 비서. 여행 비서, 재단 비서, 요리사, 트레이너, 개 트레이너, 마사지사, 하우스키퍼, 손톱관리사까지 고용했다. 그중 일부는 섹스 상대였다.

전기 《타이거 우즈》를 보면 우즈의 일탈이 마이클 잭슨과 비슷하다는 증언도 있다. 부모의 기대에 부응하려고 어린 시절에 하고 싶은 일을 하지 못했기 때문에 나쁜 짓을 해보고 싶은 충동을 느꼈을 수 있다는 것이다. 그가 찾은 여인들은 심해 다이빙이나, 특수부대 훈련처럼 우즈의 공허함을 채울 또 다른 길이었는지도 모른다.

우즈 몰락의 시작은 양용은, 2009년 PGA 챔피언십

2009년 11월 골프 황제 타이거 우즈의 제국은 몰락했다. 25일 스캔들 보도가 나왔고, 이틀 뒤 새벽에 우즈의 자동차 사고가 났다. 이후 열 명이 넘는 여인의 증언이 이어졌다. 우즈는 2019년 4월 마스터스에서 우승할 때까지 10년 가까운 시간을 고통 속에서 보냈다.

우즈 몰락의 시발은 스캔들이 아니었다. 2009년 8월 열린 PGA 챔피언십도 큰 분수령이라고 봐야 한다. 우즈는 이전까지 최종 라운드를 선두로 출발한 열네 번의 메이저 대회에서 모두 우승했다. 동료들은 "우즈와 챔피언 조에서 우승 경쟁하는 건 마취 없이 수술받는 것과 같다"고 푸념했다. 그 정도로 우즈는 강했다.

그 우즈가 10년 전 PGA 챔피언십에선 한국의 양용은에게 역전패했다. 전조가 있었다. 2라운드가 끝난 뒤 우즈는 네 타 차 선두였다. 한 기자가 우즈에게 "혹시 메이저 대회에서 긴장해서 경기를 망친 적 있나요"라고 물었다. 스캔들 이전의 골프 황제는 역전당할 리는 만무했고, 그의 위세는 하늘을 찔렀다. 골프를 잘 모르는 지역 신문 기자가 멋모르고 한 질문이었다. 우즈는 대답 대신 그를 노려봤다. 분위기가 썰렁했다. 사회자는 "그런 일 없었다는 거지요"라고 말을 돌렸다.

우즈는 최종 라운드를 두 타 차 선두로 출발했다. 스포츠 베팅업체는 우즈의 배당률을 3대2로 정했다. 우즈가 우승하면 건 돈의 1.5배를 준다는 뜻이다. 양용은의 우승 배당률은 125배였다. 최종 라운드 챔피언조로 출발할 때는 20배였다.

우즈는 특유의 심리전으로 양용은을 흔들었다. 투명인간 취급, 리듬 빼앗기, 갤러리 소란하게 하기 등이다. 양용은은 전혀 흔들리지 않았다. 우즈가 작전을 쓰는지도 몰랐다고 했다. 위축되지도 않았다. 두 선수가 경기 시간이 늦어 경고를 받자 양용은 "내가 아니고 저 사람 때문"이라고 했다. 다른 선수라면 타이거 우즈에게 그렇게 하지 못했을 텐데 양용은은 했다.

짧은 파 4홀인 14번 홀에서 양용은이 칩인 이글을 해 선두에 나섰다. 우즈의 표정이 구겨졌다. 우즈는 뭔가 필요했다. 다음 홀은 파 5였는데 우즈는 힘이 들어갔는지 두 번째 샷에서 뒤땅을 쳤다. 우즈는 마지막 네 개 홀에선 평소 너끈히 성공하던 퍼트를 넣지 못했다. 최종라운드에서 유난히 강했던 우즈는 이날 보기를 다섯 개(버디 두 개)나 하면서 75타를 쳤다.

양용은과 우즈의 대결은 미국 스포츠계에서 최대 이변 중 하나로 꼽힌다. '핵 주먹' 마이크 타이슨이 무명 버스터 더글러스에게 KO로 진 것에 필적한다. 이 충격에 우즈라는 견고한 성은 심각한 균열을 일으켰다.

그 틈으로 부정적 생각이 스멀스멀 들어갔다. 우즈는 이후 달라졌다. 경기장에서 드라이버를 던지는 일이 잦아졌다. 사람이 다칠 수도 있었다. 그리고 석 달 뒤 스캔들이 터졌다. 호주 대회에 불륜 상대를 동반했다가 파파라치에 발각됐다.

타블로이드 신문에 우즈의 불륜 사실이 들통난 게 처음은 아니었다. 이에 앞서 2007년에도 우즈는 비슷한 일을 겪었다. 그러나 보도는 나오지 않았다. 우즈는 해당 미디어를 소송하겠다고 협박하고, 타블로이드사의 계열사인 헬스 잡지와 독점 인터뷰를 해주는 조건으로 이를 무마했다.

만약 우즈가 양용은을 꺾고 PGA 챔피언십에서 우승했다면 어땠을까. 우즈의 힘이 꺾이지 않았다면 다시 한 번 스캔들 보도를 막았을 가능성도 있다. 스캔들과 역전패는 모두 2009년 하반기에 나왔다. 두 사건은 밀접한 관계가 있을 것이다.

양용은은 현재 PGA 투어 카드를 잃었다. 지금은 일본 투어에서 뛰고 있다. 그러나 PGA 챔피언십은 우승자로서 매년 참가하고 있다. 2019년 PGA 챔피언십에 참가한 양용은에게 물어보니 "우즈가 아는 척을 하긴 하는 데 그리 살갑지는 않더라"고 답했다.

6장

아부다비

비틀스와 타이거 우즈

중동 사막의 겨울은 섭씨 20도 정도다. 태양도 사선으로 뜨기 때문에 뜨겁지 않다. 건조한 곳이라 땀도 안 난다. 골프에는 완벽한 조건이다. 물론 물 없는 사막이란 것이 문제다. 그러나 오일 달러로 해결할 수 있다. 두바이와 아부다비의 골프장에는 석유보다 비싼 물을 매일 1만 세제곱미터씩 뿌려댄다고 한다. 폭풍에 날려 오는 모래는 서남아시아에서 온 노동자들이 깨끗하게 치운다. 스크린 골프장보다 쾌적한 날씨에서 골프를 할 수 있다.

아랍에미리트연합은 두바이와 아부다비에 럭셔리 골프장을 만들고 경쟁적으로 프로 골프 대회를 연다. 오일 머니는 타이거 우즈의 돈줄이기도 하다. 그는 2004년 부르즈 알 아랍 호텔 헬리패드에서 페르시아만을 향해 드라이버로 공을 친 이후 오일 달러에 두꺼운 파이프라인을 꽂았다.

2009년에 시끄러운 스캔들을 겪은 우즈는 2010년에 마스터스에서 복귀했다. 얄궂게도 최경주와 4라운드 내내 한 조로 경기했고 똑같이 공동 4위를 했다. 최경주로서는 매우 아쉬운 대회다. 스캔들 후 복귀전을 치르는 우즈와 한 조로 경기하는 것은 쉬운 일이 아니었다. 오거스타 상공에는 엉덩이를 뜻하는 속어 'BOOTY'와 불교(BUDDHISM)를 합성한 'BOOTYISM' '섹스 중독' 등의 플래카드를 단 세스나 항공기가 등장해 타이거 우즈를 조롱했다. 우즈는 가끔 엉뚱한 샷을 쳤다. 최경주의 집중력도 함께 흔들렸다. 최경주는 "우승에 가장 가까웠던 시기인데 4라운드 내내 한 조로 경기하려니 쉽지 않았다"고 회고했다.

우즈는 2010년 빈손이었다. 그가 프로로 전향한 후 우승을 못 한 해는 2010년이 처음이었다. 그해 스윙 코치인 행크 해이니가 떠났다. 우즈는 션 폴리를 새로 고용했다. 그러나 폴리에게 배운 이후 우즈의 스윙이 너무 기계적으로 변했다는 평가가 나왔다. 미국 해설가 브랜들 챔블리는 "미켈란젤로 같은 천재 예술가였던 우즈가 동네 기능공처럼 변했다"고 비유했다.

2011년 우즈는 자신의 오른팔이던 캐디 스티브 윌

리엄스를 해고했다. 윌리엄스는 스캔들 당시 "내가 당신의 밤의 행적을 몰랐다는 것을 공개적으로 밝혀달라"고 우즈에게 요청했는데 거부당했고 이후 서먹해졌다.

우즈 주위에 있던 사람들이 다 떠나가고 있었다. 우즈는 코너에 몰려 있다는 느낌이 들었다. 우즈의 세계 랭킹은 58위까지 밀려났다. 우즈는 2011년에도 우승하지 못했다.

그는 2012년을 중동에서 시작했다. 아부다비 챔피언십이었다. 나는 우즈에게 어떤 일이 있는지 보고 싶었다. 큰 대회는 아니었지만 당시 내가 일하던 JTBC골프에서 중계하는 유러피언투어였기 때문에 출장의 명분이 있었다.

유명인들은 기자회견에서 속마음을 다 보여주지 않는다. 스포츠 기자를 한 지 얼마 안 됐을 때 외국 선수의 립서비스성 발언을 정색하고 기사로 쓴 적도 있었는데 돌이켜보면 아주 창피한 경험이다. 나는 선수들이 공식 석상에서 얘기하는 것은 절반 정도만 듣는다.

자존심 센 엘리트 골퍼 중에서도 속내를 드러내지 않기로는 타이거 우즈가 최고다. 우즈는 스포츠 사상 가장 미스터리한 인물 중 하나로 꼽을 수 있다. 2009년 스캔들로 무너지기 전까지 그의 사생활은 거의 드러나지 않았다. 그의 이미지는 후원사인 나이키의 광고 캠페인을 통해 포장됐다. 우즈의 아버지는 방탕한 섹스 중독자였지만 아들을 위해 모든 것을 희생한 사람으로 그려졌다. 우즈도 가족을 최고로 생각하는 모범적인 아버지로 묘사됐다. 그래서 스캔들이 터졌을 때 사람들은 더욱 놀랐다. 뉴스의 가치는 더 커졌고 우즈의 추락은 더 깊었다.

얼 우즈는 아들을 키우면서 매스컴을 십분 이용했다. 아들이 만 두 살 때 "세상을 바꿀 스타가 나왔다"면서 TV에 출연시켰다. 다섯 살 때는 '세상에 이런 일이' 같은 프로그램에도 내보냈고 골프 기자들과 친분을 쌓았다. 그 덕에 우즈는 유명해졌고 공짜로 골프를 치고, 레슨을 받고 대회 출전 경비를 지원받았다.

프로가 된 후에는 철저하게 사생활을 감췄다. 사생활에 대한 집착은 이해가 간다. 그러나 프로 선수가 됐다면 어느 정도 노출은 각오해야 한다.

1997년 첫 마스터스에 출전했을 때다. 우즈는 선배 프로골퍼인 아널드 파머에게 "나는 평범한 21세 청년이 될 수 없다. 항상 미디어에 얘기하고 사인을 하고 스폰서와 사진 찍는 게 지겹다"고 말했다. 파머는 "평범한 21세 청년은 은행 잔고 5000만 달러가 없으니 평범하게 되고 싶으면 돈을 돌려주면 된다"고 충고했다. 물론 우즈는 돈을 돌려주지 않았다.

우즈는 사생활에 대한 질문엔 답하지 않았고 내부 정보가 밖으로 흘러나가지 않도록 철저히 통제했다. 우즈가 골프 제국을 개국하는 데 공신 역할을 한 첫 캐디 마이크 코원과 첫 매니저 휴즈 노튼 등이 사생활 누출이라는 이유로 모두 제거됐다. 시간이 지나면 당연히 알려질, 어느 대회에 출전할 것이라는 등의 단순 정보 유출도 용납되지 않았다.

그는 호랑이처럼 숨어 지내는 데 동물적인 감각이 있었다. 그의 밤 행적은 10년 가까이 들키지 않았다. 수없이 인터뷰를 했지만 알맹이는 하나도 없었다.

우즈가 신인 때 얘기다. 미국 스포츠 리그 락커룸엔 기자들이 들어갈 수 있다. 골프도 마찬가지다. 그런데 우즈는 경비원들에게 기자를 막으라고 했다. PGA 투어 홍보 책임자가 화를 냈다. "그 아이가 뭔데 이래라 저래라 하는 것인가. 규칙을 정하는 것은 우즈가 아니라 투어다. 그 아이는 비틀스가 아니다"라고 했다. 얼마 후 그 홍보 책임자는 회사를 그만둬야 했다. 타이거 우즈가 규칙이었다. 골프계에서 그는 비틀스보다 중요한 존재였다.

어디든 권력이 있다. 정치 권력, 경제 권력, 문화 권력 등이다. 스포츠계도 만만치 않다. 스타 권력은 아주 강하다. 팬이라는 지지층이 이 권력을 보호한다. 스포츠 권력에 찍히면 정보를 얻을 수 없다. 우즈는 자신에 비판적인 기자를 해고하라고 매체에 요구하기도 했다.

전성기 때는 기자들이 그에게 민감한 질문을 하기가 쉽지 않았다. 스캔들 이후 철옹성이 무너지긴 했지만 그래도 만만치 않았다. 주무대가 아닌 유러피언 투어에서는 좀 더 자유롭다. 기자들이 그와 안면이 깊지 않다. 우즈에게 찍혀도 손해 볼 것이 많지 않다.

기자회견장에서 기자들은 우즈의 방어막을 깨려고 미끼를 던지고 감정을 자극한다. 때론 신경전이 벌어지기도 한다. 상냥하게 얘기할 때도 속에는 가시가 박혀 있다. 아부다비 챔피언십 공식 기자회견장에서 그랬다. 개그콘서트 '불편한 진실' 코너처럼 말하는 내용과 실제 의미가 완전히 다른 경우가 많다. 발언자의 억양과 분위기를 토대로 일부 내용을 해석했다. 여러 기자의 질문이었으며 괄호 안은 주관적인 해석이다.

기자: "루크 도널드가 지난해에 '가장 재능 있는 선수는 로리 매킬로이다. 우즈 전성기 때보다 낫다'고 말했습니다. 당신도 로리가 가장 재능 있는 선수라고 생각

합니까?"(말도 안 된다고 생각하지? 네가 훨씬 더 낫다고 생각하잖아.)

우즈: "가장 재능 있는 선수는 세베 바예스테로스였습니다. 내가 직접 본 선수 중에 골프 볼을 그렇게 잘 다루는 선수를 본 적이 없습니다."(매킬로이 같은 풋내기를 나와 비교하라는 거냐?)

기자: "세계 최고 선수는 누구라고 생각합니까?"(이번에는 진짜 속마음을 말해봐.)

우즈: "루크 도널드가 세계랭킹 1위죠. 그렇죠?"(서류상으로만 그렇지. 그는 메이저 대회 우승을 한 번도 못 했고, 난 14승 했잖아.)

기자: "당신이 예전에 받던 초청료보다 적은 돈을 받고 이 대회에 나온 것으로 보도됐습니다. 그게 사실입니까?"

우즈: "당신은 그게 얼마인지 아십니까?"(너 같으면 그걸 말하겠냐. 절대 확인 안 해준다.)

기자: "혹시 50달러?"(자존심 상하지? 그러니까 얼마인지 불어.)

우즈: "……(묵묵부답)."(장사 하루 이틀 하냐. 그 정도에 안 넘어간다.)

우호적인 기자: "행크 헤이니(우즈의 전 스윙코치)가

당신에 대한 얘기를 책으로 쓴답니다. 함께 일했던 사람들이 자꾸 비밀을 까발리는데 이러면 사람을 믿기가 힘들어질 것 같습니다.”

우즈: “사람들은 그렇게 말합니다.”(당연한 걸 직접 내 입으로 얘기해야 되냐.)

기자: “어떤 면에선 슬픈 일일 수도 있겠네요?”(감동했지? 할 말 많지?)

우즈: “슬프다고 생각하세요?”(그럼 네 입으로 직접 말해봐.)

기자: “슬프다고 생각하세요?”(내가 어떻게 그걸 말해, 네가 해야지.)

우즈: “내가 질문하고 있습니다.”(그런 말 내가 하면 쑥스럽잖아. 네가 말해 봐.)

기자: “아 슬플 것 같습니다.”(내가 졌다. 대신 앞으로 특별대우를 부탁한다.)

우즈: “오케이. 잘했습니다.”(이건 진심이다.)

(이 말을 듣고 격분한) **다른 기자:** “사람들이 당신의 경기와 스윙을 보면서 통찰력을 얻습니다. 그걸 당신도 기쁘게 여길 거라 생각합니다. 그런 의미에서 행크 헤이니가 당신에 대한 책을 쓰는 게 뭐가 잘못된 건가요.”

우즈: “대답했습니다.”(입 닥쳐라.)

기자: "뭐가 잘못됐습니까?" (그냥은 못 넘어간다.)

우즈: "대답했다고 생각합니다. 미안합니다." (중동에 와서 독한 놈 만났다.)

기자: "나에게는 안 했습니다."

우즈 사회자를 바라본다. (제발 저 아저씨 좀 말려줘.)

사회자: "골프에 대해서 질문할 사람 있습니까?" (우즈를 얼마 주고 데려왔는데 그런 곤란한 질문을 하냐. 너 때문에 다음에 우즈가 여기 안 오면 네가 책임질 거냐.)

(크리켓 담당으로 보이는) **중동 기자:** "크리켓 팬들은 골프에 관심을 가지고 있습니다. 크리켓에 관심이 있습니까?" (크리켓이 멋진 스포츠라고 말해라.)

우즈: "나는 야구를 좋아합니다. 야구와 비슷한 크리켓도 조금은 봅니다." (야구는 좋아하지만 크리켓에는 전혀 관심 없다.)

기자: "크리켓에 관심 있는 게 야구와 비슷해서입니까?" (야구 좋아하면 크리켓도 좋아해야지.)

우즈: "야구 선수 출신인 아버지와 캐치볼을 하면서 컸습니다. 내 혈통입니다. 미국과 일본, 카리브해 국가에서는 야구가 인기지만 나머지 나라들에선 크리켓이 인기입니다. 미국 밖으로 많이 나가다 보니 크리켓을

대할 기회가 점점 많아지고 점점 더 재미있어집니다."
(내가 크리켓에 대해 아는 거 다 쥐어짜냈다.)

기자: "메이저 우승을 하지 못한 해는 위대한 시즌이 아니라고 예전에 분명히 말했습니다. 올해는 위대한 시즌이 될 것 같습니까?"

우즈: "누가 알겠습니까. 미래를 보여주는 유리구슬이 없으면 당신도 말할 수 없을 겁니다. 나도 모릅니다." (우승할 거라고 말하고 못 하면 약속을 못 지켰다고 욕하려고 그러지. 내가 얘기하나 봐라.)

미국 기자: "미국 대회 대신 유럽투어 아부다비에 왔습니다. 지금 미국에서 열리는 대회에서 성적이 무척 좋았는데, 혹시 여기 온 걸 후회하지 않나요?" (네가 돈 때문에 여기 와서 미국 대회가 망가지고 있으니 반성 좀 해라.)

우즈: "불운하게도 스케줄이 안 맞았습니다. 대회 스폰서인 HSBC가 제 재단의 큰 스폰서입니다. 내가 여기 있는 이유 중 하나입니다." (돈 주는 대회로 가지 어디 가겠냐.)

기자: "아부다비가 앞으로도 당신의 시즌 개막전이 될 것 같습니까. 아니면 이번엔 그냥 한번 와본 겁니까?" (그래도 앞으로는 미국 대회에 뛴다고 해라.)

우즈: "미래는 나도 모릅니다. 올해만 생각합니다. 혹시 확정되면 알려주겠습니다." (절대 안 알려줄 거다.)

우즈가 가장 싫어하는 사람은 아버지를 비판하는 사람, 또 하나는 자신에 대한 책을 내는 사람이었다. 둘 다 기자였다. 지금 나도 우즈에 관한 책을 쓰고 있으니 그중 하나가 될까. 요즘은 사람이 달라졌으니 용서해줄 것인가. 아무튼 우즈는 스캔들 이후 기자에 대한 적개심이 더 커진 듯했다.

시니컬한 인터뷰를 한 다음 날 우즈는 아부다비 챔피언십 1라운드에서 로리 매킬로이와 한 조로 라운드했다. 우즈는 "과거에 못하던 샷을 하고 다양한 구질을 쓸 수 있게 됐다"고 큰 소리를 쳤으나 힘에서 매킬로이에 밀렸다. 매킬로이의 공이 우즈의 공을 지나서 한참을 굴러갔다.

2라운드가 끝난 후 나는 호텔에서 길을 잃었다. 비상구를 지나다가 신음 소리를 들었다. 누가 사고를 당했나 싶어 가봤더니 우즈가 허리를 움켜쥐고 있었다. 경호원들이 날카로운 눈빛으로 나를 경계했다. 내가 기자인 것을 몰랐던 것 같다. 동양인 기자가 아부다비 골프 대회까지 취재를 올 것이라 생각하지 못했을 것이다. 그냥 관광객으로 알았던 것 같다. 나는 우즈의 허리가 아프다는 기사를 쓰지 않았다. 단순 통증인지 정말 경기에 영향을 미치는 병인지 정확히 알지 못했기 때문이다. 또 프라이빗한 상황을 보도하는 것은 옳지 못하다고 생각했다.

놀랍게도 우즈는 3라운드에서 66타를 치며 공동 선두로 뛰어 올랐다. 그는 "스윙 교정이 거의 완성됐으며 압박감 속에서도 여러 가지 탄도의 샷을 칠 수 있게 됐다"면서 우승을 자신했다. 우즈는 라운드 후 짧은 인터뷰에서 허리에 대해서는 얘기하지 않았다. 우즈가 2년여 만에 우승하나 기대했지만 그렇게 되지는 않았다. 우즈는 공동 3위로 대회를 마쳤다. 유러피언 투어 1승이 유일한 우승 경력이었던 무명 로버트 록이 우즈를 제치고 우승했다.

골프 선수 중에서 가장 군인이 되고 싶어 한 선수는 타이거 우즈일 것이다. 우즈는 실제 군복무를 하지 않았지만 군을 동경했다. 그린재킷보다 그린베레에 더 관심을 가지던 시기가 있었다. 우즈는 2004년 유러피언투어 두바이 클래식 출전 직전 걸프 해역에 있는 미국 항공모함 조지 워싱턴함을 찾아 배와 전투기를 둘러보고 "내 생애 가장 즐거운 오후였다"고 말했다.

우즈는 몇 개월 후 마스터스가 끝나자마자 자원해서 나흘간 특수부대에서 훈련을 받았다. 그가 입소한 부대는 대게릴라 특전부대인 그린베레다. 우즈의 아버지는 베트남전에 그린베레로 두 차례 참전했다.

2006년 5월 아버지가 세상을 떠난 후 우즈는 군에 집착했다. 해군 특수부대인 네이비 실에 관한 다큐멘터리와 비디오를 즐겨 봤고, 관련 게임을 할 때는 메이저대회에서 경기할 때처럼 몰입했다고 그의 코치를 맡았던 행크 헤이니가 《빅미스》라는 책에서 밝혔다. 2006년 US오픈을 앞두고도 네이비 실에서 사흘간 입소 훈련을 했다. 코치인 헤이니가 "정신 나갔느냐, 지금 전성기에 이게 무슨 짓이냐. 잭 니클라우스의 기록을 깨지 않을 것이냐"고 하자 우즈는 "지금까지 이룬 것에 만족한다"고 말했다.

그는 진지하게 골프를 그만두고 군인이 되려고 고민했다. "나이 제한 때문에 (입대가) 어렵지 않느냐"고 헤이니가 묻자 우즈는 "해군에서 나를 위해 특별 면제 조항을 만들어주겠다고 했다"고 답했다. 헤이니는 "'와, 지구상 최고의 운동선수, 어쩌면 역사상 최고의 운동선수가 전성기 한가운데에서 모든 것을 버리고 군인이 되려 하는 구나' 하고 생각했다"고 책에 썼다.

우즈는 아버지가 세상을 뜬 후 2년 동안 비밀리에 자주 네이비 실 훈련을 받았다. '2등은 첫 번째 패배자'라는 말도 거기서 배웠고, 장병들에게 "골프가 아니었다면 내가 여기 있었을 것"이라고 했다. 하루에 열 차례 낙하훈련을 포함해 특수부대 요원들이 받는 훈련을 다 받았다. 맨손 육박전 훈련을 했고 전투화를 신고 6.4킬로미터를 구보했다. 강한 바람이 부는 윈드 터널에서도 훈련했다. 우즈는 이 훈련을 매우 즐겼는데 담당 의사는 그 소식을 듣고 무릎 부상이 악화될까 봐 소스라치게 놀랐다.

도심 전투 훈련장인 킬 하우스(kill house)에서도 훈련했다. 거기서 고무탄에 맞아 생긴 야구공만 한 멍을 헤이니에게 자랑스럽게 보여줬다. 우즈는 헤이니에게 "당신을 2초 안에 죽일 수 있다"고도 했다. 헤이니는 "그러지 마라"고 농담으로 받았지만 섬뜩했다고 한다. 헤이니는 우즈가 킬 하우스에서 무릎을 심하게 다쳤다고 생각한다. 우즈는 숨이 턱까지 찬 상태에서 전우들과 함께 군가를 부르는 등 진짜 사나이 역할을 즐겼다. 우즈는 진정으로 아버지의 길을 따라 군인이 되기를 원했던 것으로 보인다.

그가 3년 후 섹스 스캔들에 빠진 이유가 군인이 되려는 자신의 욕망을 실현하지 못해 다른 곳에 분출한 것은 아닐까 하는 추측도 해봤다. 건빵 안에 있는 별사탕을 먹지 못했으므로(건빵 봉지 속 별사탕이 성욕감퇴제라는 설이 있지 않은가).

남아공의 어니 엘스와 레티프 구센도 군인이었다. 오래전 남아공은 징병제였다. 두 사람은 1988년에 입대했다. 한국군이었다면 전설적인 쌍팔년 군번이다. 두 사람 모두 열아홉 살에 입대해 2년을 군에서 보냈다. 프레지던츠컵 세계 팀 주장인 닉 프라이스도 70년대 후반 공군 파일럿으로 로데시아(현재 짐바브웨)에서 2년간 근무했다. 아널드 파머, 벤 호건, 샘 스니드 등도 군대에 갔다 왔다.

한국 남자 골프선수 중 가장 뛰어난 활약을 한 두 선수인 최경주와 양용은도 군 생활을 했다. 둘 다 방위다. 최경주는 완도에서 근무했다. 이미지와 달리 취사반장을 했다. 골프를 하기 위해서였다. 최경주는 "취사병은 밤새 음식을 준비하고 이틀 후 복귀하기 때문에 낮에 시간을 낼 수 있고, 그때 골프 연습을 할 수 있을 것 같아 자원했다"고 밝혔다.

시카고

7장

**부상은
스포츠 스타의
훈장**

미국 시카고 인근의 메다이나(Medinah) 컨트리 클럽은 1999년 PGA 챔피언십이 열린 곳이다. 타이거 우즈의 두 번째 메이저 우승 장소다. 당시 24세의 우즈는 겁 없는 10대 세르히오 가르시아를 한 타 차로 제치고 우승했다. 우즈는 1997년 마스터스 이후 2년 반 동안 메이저 우승을 못 하다가 이 대회에서 다시 물꼬를 텄다. 우즈는 이듬해인 2000년 골프 사상 최고의 기록을 남겼다. 반면 가르시아는 이후 18년 동안 메이저 우승을 하지 못했다. 가르시아는 오랫동안 '메이저 우승 없는(못하는) 최고의 선수'라는 조롱을 들었다.

만약 1999년 메다이나에서 우즈가 가르시아에게 졌다면 어떻게 됐을까. 지금과는 사뭇 달라졌을 것이다. 두 천재 골퍼의 분수령이 된 메다이나는 우즈의 열혈

팬인 '타이거 매니아'들에게는 중요한 곳이다. 우즈는 메다이나에서 열린 2006년 PGA 챔피언십에서도 우승했다.

나는 골프장에 가보고 나서 적잖이 놀랐다. 보수적 기독교 색채가 강한 미국 중서부인데 이슬람 분위기가 강하게 풍겨서다. 클럽하우스는 술탄의 성이나 모스크 같았다. 메다이나는 이슬람의 성지 사우디아라비아 메디나의 미국식 발음이다. 메다이나 클럽의 문장에는 아라비아 사막을 호령하던 베두인족의 칼과 이집트 파라오가 담겨 있다.

메다이나 컨트리 클럽의 역사를 보여주는 스피릿 오브 메다이나에는 그 유래가 이렇게 기록돼 있다. 메다이나 컨트리 클럽은 프리메이슨의 유사 단체인 슈라이너들이 만들었다. 프리메이슨은 계몽주의 영향으로 자유와 합리주의 등을 주장하는 단체인데 권위를 내세우는 가톨릭과 충돌하면서 비밀 조직이 됐다. 그들은 비밀리에 함께 모일 공간으로 골프를 이용했다. 골프 클럽을 만들고 이곳에서 자유롭게 토론했다.

기독교 문화를 기반으로 한 프리메이슨과 달리 슈라이너는 고대 아랍의 '신비한 성지의 질서'를 숭상한다. 아랍인들이 조직한 단체도 아니며 이슬람교도도 아닌 미국의 상류층이 만든 단체인데도 그렇다. 1830년 창설됐고 뉴욕에 메카 템플, 시카고에 메다이나 템플 등을 만들었다.

대공황 직전, 흥청거리던 1920년대. 메다이나 템플 소속 부자 슈라이너들은 골프 낙원을 만들겠다는 원대한 계획을 세웠다. 18홀 코스 세 개에 폴로 경기장, 55에이커의 인공 호수, 테니스 코트 건설을 계획했다. 네덜란드에서 250년 된 풍차를 수입하고 스키 점프대와 야구장, 라디오 방송국과 스키장도 만들기로 했다. 비잔틴과 아랍식이 뒤섞인 클럽하우스는 서치라이트로 철통보안을 하기로 했다. 메다이나는 회원권을 유료로 팔기시작한 초창기 골프장 중 하나다.

모든 것이 계획대로 되지는 않았다. 18번 홀 옆에 있던 스키 점프대는 여러 사람을 다치게 하고 금방 사라졌다. 클럽하우스의 마스코트였던 곰은 지나치게 가까이 다가간 소녀의 팔을 잘라 버리는 바람에 생을 마감해야 했다. 골프 코스 세 개는 아직도 늠름한 위용을 자랑한다. 특히 3번 코스는 US 오픈 3회, PGA 챔피언십을 2회 개최하면서 미국 최고의 명문 코스 중 하나로 자리를 굳혔다.

골프에서 가장 박진감 있는 경기는 단연코 라이더컵

이라 생각한다. 미국과 유럽의 대륙대항전인데 개인전인 마스터스, 디 오픈 챔피언십과는 또 다른 재미가 있다. 한국도 대륙대항전에 나가긴 한다. 미국과 (유럽을 제외한) 세계 팀이 겨루는 프레지던츠컵이다. 미국은 라이더컵과 프레지던츠컵에 모두 참가한다. 미국 선수들은 프레지던츠컵을 라이더컵을 위한 연습 경기 정도로 여긴다. 프레지던츠컵이 안 중요한 게 아니라 라이더컵이 그만큼 중요한 대회라는 얘기다.

2012년 여름부터 나는 미국 인디애나 대학에서 연수를 하며 JTBC골프가 중계하는 LPGA 대회 현장에 몇 차례 나가 취재했다. 라이더컵이 열리는 시카고는 인디애나 대학이 있는 블루밍턴과 다섯 시간 거리였다. 다섯 시간은 미국에서 아주 먼 거리는 아니다. 설렁탕을 먹으러 인디애나에서 시카고까지 가는 학생도 있었다. 설렁탕 먹으러 간다는 심정으로 차를 몰아 시카고에 갔다.

라이더컵의 인기가 대단한 줄은 알았지만 내 예상보다 훨씬 더 했다. 새벽 6시부터 경기장 주변은 차가 막혔다. 골프장을 5킬로미터 남기고 한 시간이나 걸렸다.

외톨이로 자란 우즈는 프로가 돼서도 친구를 사귀지 않았다. 나이가 많거나 실력이 별로인 선수와는 간혹 친하게 지냈지만, 라이벌이 될 만한 강한 선수와는 확실히 간격을 뒀다. 친하게 지내면 자신과 경쟁할 때 마음 편하게 경기할까 두려워서다. 우즈는 상대에 위압감을 줘무너뜨림으로써 많은 우승을 할 수 있었다. 그러나 라이더컵에서는 그게 문제가 됐다.

같은 편 동료들도 우즈에게 부담을 느꼈다. 극단적인 예가 2004년 대회. 당시 캡틴인 할 서튼은 세계랭킹 1위 우즈와 세계랭킹 2위 필 미켈슨을 한 조로 묶어필승조를 구성했다. 그러나 사이가 나쁜 두 선수는 아무말도 안 했다. 팀워크가 없으니 경기력이 형편없었다.반드시 이겨야 할 이 필승조가 포섬과 포볼매치에서 모두 패배하면서 팀이 풍비박산 났다.

2012년 미국 캡틴인 데이비스 러브 3세는 우즈를 배려했다. 우즈가 아주 편하게 생각하는 선수인 사람 좋은노장 스티브 스트리커를 한 조에 배치했다. 우즈가 확실히 알파 메일이 되고 스트리커는 보조 역할을 하게 한것이다.

첫날 포섬 경기. 타이거 우즈의 첫 티샷은 훅이 나면서 왼쪽으로 날아갔다. 펜스를 맞고 운 좋게 공이 살아 있었다. 언제부턴가 드라이버로 훅을 내는 것은 우즈의 고질병이자 그가 가장 두려워하는 상황이 되었다. 드라이버를 포함해 우드를 잡으면 불안한 모습이 역력했다. 우드로 샷을 하고 나서 우즈는 대부분 땅을 치며 한숨을 쉬었다. 한 조인 스트리커가 우즈가 친 사고를 복구하느라 진땀을 흘렸다. 우즈가 드라이버를 잡으면 옆에서 보는 나도 불안할 정도였다. 미국 기자들은 우즈의 드라이버는 보기 플레이어의 티샷 같다고 비꼬았다. 우즈의 친구인 농구 황제 마이클 조던이 따라다니면서 응원했지만 별 소용이 없었다.

7번 홀에선 훅이 난 우즈의 볼이 갤러리의 머리에 맞고 페어웨이로 튀어 나왔다. 갤러리의 머리에서 피가 흘렀다. 그러면서도 우즈의 공에 맞았다고 좋아했다. 15번 홀에서도 우즈의 티샷은 엄청나게 훅이 났는데 나무에 맞고 그린 쪽으로 튀면서 버디를 잡았다. 그것으로는 모자랐다. 우즈는 17번 홀에서 2홀 차로 패했다.

해설가인 폴 에이징어는 "우즈에게 쉴 시간을 줘야 한다"고 말했다. 빼야 한다는 얘기다. 그러나 미국의 캡틴 러브 3세는 우즈를 오후 포볼 경기에도 기용했다. 이유는 단 하나. 우즈니까. 우즈는 오후 포볼 경기에서는 기량을 회복했다. 버디 일곱 개를 잡았다. 그러나 패했다. 마지막 홀에서 약 2미터 퍼트를 넣지 못했다. 우즈는 마이클 조던이 농구 코트에서 그랬던 것처럼 꼭 넣어야 하는 퍼트는 반드시 넣던 선수다. 그러나 스캔들

이후에는 그런 모습이 보이지 않았다.

우즈는 둘째 날 포섬 경기에 빠졌다. 우즈가 자신이 출전한 라이더컵에서 빠진 것은 이번이 처음이다. 미국의 캡틴 러브 3세는 "우즈가 못해서가 아니라 코스가 어려워 선수들이 힘들어하기 때문이며 미국의 어떤 선수도 다섯 경기에 모두 출전하지 않는다는 것이 우리의 방침"이라고 말했다. 그러나 러브 3세가 매우 정치적인 발언을 한다는 것은 기자들도 알고, 선수들도 알고, 팬들도 알고, 우즈도 알았다. 우즈는 어떤 경우에도 빠지 않는 선수였다. 우즈의 몸이 좋지 않다는 의심이 들었다.

우즈만 빼곤 미국이 압도적으로 잘했다. 미국은 둘째 날까지 10대6으로 앞서 사실상 승부를 결정한 듯했다. 코너에 몰린 유럽은 마지막 날 싱글매치에서 총력전을 펼 수밖에 없었다. 강한 선수들을 모조리 앞 선에 배치해 역전을 노렸다. 미국은 우즈를 맨 마지막에 넣었다. 우즈를 중요한 전력으로 보지 않은 것이다. 미국은 대 역전패를 당했다. 우즈는 도움이 되지 못했다.

우즈는 마지막 경기에서 몸이 안 좋은 기색이었다. 그러나 그는 아프냐는 질문에 "노"라고 답했다. 아부다비에서 허리를 움켜쥐고 있던 모습을 목격했기 때문에 나는 그가 진실을 말하지 않는다는 것을 알았다.

우즈는 몸을 혹사했다. 젊은 시절 그는 부상을 자랑스럽게 여겼다. 나이 많은 사람들이 즐기는 골프 선수인 것이 창피하다고 여긴 듯하다. 풋볼이나 농구처럼 경기 중 다치는 것을 스포츠 선수의 훈장 정도로 생각했다. 우즈는 10대 중반 우연히 장타를 치는 풍운아 존 댈리와 경기했다. 이후 장타에 대한 강박이 생겼다. 10대 후반, 이전에 없던 강력한 스윙을 하면서부터 우즈는 무릎이 아팠다.

조급했다. 그는 수술을 할 때마다 금방 "이제 다 나았다"면서 코스에 복귀했다. 충분히 나을 시간이 부족한 상황이었고 곧 다시 병원으로 돌아가야 했다. 그는 부상-수술-조기 복귀-부상-수술의 패턴을 계속했다.

2006년 아버지의 사망 후에는 골프 선수를 그만두고 아버지의 직업이었던 군인이 되려고 심각하게 고민했다. 그는 비밀리에 특수부대 훈련에 참가했다가 다쳤다. 우즈는 2013년 5승을 거두면서 세계랭킹 1위에 복귀했다. 그러나 그의 몸은 닳아빠진 상태였다. 2013년 후반 그는 경기장에서 샷을 한 뒤 무릎을 꿇고 쓰러졌다. 2014년에는 의욕적으로 대회장에 나왔다가 기권하고 돌아가곤 했다. 거의 경기를 하지 못했다. 우즈는 끝났다는 얘기가 공공연히 나왔다.

2015년에 다시 경기에 나섰지만 아마추어처럼 그린 주위에서 온탕 냉탕을 오가는 패턴이 나왔다. 칩샷 입스 현상이었다. 우즈는 "내 경기와 스코어는 골프 대회에서 용납할 수 없는 수준"이라면서 경기를 포기했다.

인간 투혼 보여준 가장 빛나는 경기, 2008 US오픈

타이거 우즈는 2008년 4월 열린 마스터스에서 2위를 했다. 그러나 고통스러웠다. 무릎이 아팠다. 우즈는 통증이 너무 심해 대회 기간 중 강력한 진통제인 바이코딘을 복용했다. 샷은 아주 좋았지만 우즈는 퍼트를 못했다. 진통제 때문에 퍼트감이 떨어져서 그렇다고 생각했다.

우즈는 이전부터 무릎이 아팠다. 그러나 마스터스 이전까지는 이를 아무에게도 얘기하지 않았다. 마스터스 이전까지 열한 개 대회에서 9승을 했기 때문에 참고 경기하려고 했다. 그러나 더 이상 버티기는 어려웠다.

마스터스 후 우즈는 곧바로 수술대에 올랐다. 간단한 수술로 여겼는데 검사를 해보니 그의 왼쪽 무릎 전방 십자인대가 다 닳아 없어진 상태였다. 이식 수술을 하면 3개월 이상 걸린다. US오픈과 디 오픈 등에 다 나갈 수 없다.

당시 우즈는 파죽지세였고 US오픈 대회장은 그의 텃밭과 다름없었다. 캘리포니아주 샌디에이고 인근 토리파인스 골프장은 그가 여섯 번이나 우승한 곳이다. 우즈는 욕심을 냈다. 의사들은 "인대가 하나도 없으니 더 이상 나빠지지는 않을 수 있다"고 했다. 그러나 "통증을 견디는 건 불가능할 것"이라고도 했다.

우즈는 통증과 부상을 구분했다. 다쳐서 움직일 수 없

는 상태라면 경기할 수 없지만, 아픈 것은 어떤 것이든 이겨낼 수 있다고 생각했다. 그에게 무릎 인대가 없는 것은 부상이 아니라 그냥 통증이었다. 우즈는 절뚝거리면서도 "나는 US오픈에 나갈 거고 우승할 것이다"라고 선언했다.

상황은 호락호락하지 않았다. US오픈은 코스를 어렵게 만들기로 유명하다. 전장은 길고, 페어웨이는 좁으며, 러프는 두껍고, 그린은 딱딱하다. 2008년 대회는 당시로서는 역대 메이저 대회 사상 가장 긴 7643야드로 설계됐다. 컷 탈락이 7오버파였을 정도로 어려웠다.

우즈 조 경기위원이었던 짐 버넌은 "우즈가 1라운드를 끝까지 치러서 엄청 놀랐고, 2라운드 아침에 다시 경기장에 나타나 깜짝 놀랐다"고 할 정도로 우즈의 상태는 좋지 않았다.

우즈는 1라운드 첫 홀에서 더블보기를 했다. 무릎이 아파 얼굴을 찡그렸다. 우즈는 무릎 붓기를 빼려고 소염제를 먹었지만 퍼트 감이 나빠지는 것을 우려해 진통제는 먹지 않았다.

스윙을 하고 주저앉는 일이 잦았다. 그러나 다시 일어날 때 그의 눈빛은 평소보다 더 빛났다. 파김치처럼 퍼져 있다가도 공이 울리면 용수철처럼 박차고 나가는 젊고 야심 찬 복서를 보는 듯했다.

하체가 안정되지 않은 우즈의 드라이버는 불안했다. 평

소 거의 하지 않던 더블보기가 네 개나 나왔다. 그러나 그는 추락했다가도 기어이 다시 올라왔다. 매 라운드 시작은 형편없었지만 마지막 홀은 버디나 이글로 끝냈다.

그는 그린에서 놀라운 능력으로 점수를 줄였다. 꼭 필요한 상황에서는 반드시 성공시키는 클러치 능력도 돋보였다. 우즈는 3라운드 18번 홀에서 9미터 내리막 이글 퍼트에 성공해 선두로 나섰다.

4라운드 18번 홀에서 우즈는 넣지 못하면 우승을 놓치는 약 4미터 버디 퍼트를 남겨뒀다. 잔디는 불규칙적으로 자라는 걸로 악명 높은 종인 포아애뉴아였다. 게다가 잔디를 깎은 지 오래된 늦은 오후여서 그린이 울퉁불퉁했다. 홀 위치는 경사지에 있었다. 정확한 방향과 스피드가 필요한데 그린 상태가 워낙 안 좋아 완벽하게 쳐도 들어간다고 보장할 수는 없었다.

그러나 우즈는 버디 퍼트를 넣었다. 우즈는 흥분해 양손으로 어퍼컷을 수없이 휘둘러댔다. 경쟁자인 리 웨스트우드는 "엄청나게 어려운 퍼트였지만 우즈는 중요한 순간 매번 그랬으니까 넣을 줄 알았다"고 말했다.

우즈와 로코 미디에이트가 유일하게 언더파(-1)를 쳤다. 둘은 그 난코스에서 72홀 정규 경기에 18홀 연장전, 서든데스까지 총 91홀을 치러야 했다. 4만 야드(약 36킬로미터)가 돼서야 대장정이 끝났다.

나이키는 급히 광고를 제작해 연장전 중계에 내보냈다. 세상을 떠난 그의 아버지의 목소리로 "타이거, 너보다 정신력이 강한 사람을 만나지 못할 거라고 내가 여러 번 얘기했다"는 내용이었다. 실제 그랬다.

2008년 US오픈은 우즈의 열네 번째 메이저 대회 우승이었다. 우즈는 US오픈에선 2위와 열다섯 타 차, 마스터스에선 열두 타 차, 디 오픈에선 여덟 타 차, PGA 챔피언십에선 다섯 타 차로 대승한 적이 있다. 그러나 우즈는 "오늘 우승이 가장 위대한 것"이라고 말했다.

〈뉴욕타임스〉는 우즈의 우승을 두고 "인간의 위상을 넘어 불멸의 존재가 됐다"고 썼다. 우즈는 최종 라운드를 선두로 시작한 메이저 대회에서 모두 승리하는 불패신화를 이어갔다.

그러나 놀랍게도 우즈는 이후 11년 동안 메이저 대회에서 우승을 못 했다. 그가 그렇게 되리라고 예상한 사람은 단 한 명도 없었다. 스캔들과 부상 등이 우즈를 괴롭혔으나 2008 US오픈에 너무나 많은 에너지를 쏟은 후유증 때문이라는 얘기도 있다.

8장

세인트 앤드 루스

올드 코스의
미스터리

　　　　　나는 2015년 디 오픈 챔피
언십이 열린 골프 성지 세인트앤드루스 올드 코스에 갔
다. 칩샷 입스와 허리 부상에 신음하던 우즈는 그 해 여
름 들어 기량을 어느 정도 회복했다. 또 기권 없이 경기
를 했다. 우즈가 이전 올드 코스에서 열린 경기에서 워
낙 뛰어난 성적을 냈기 때문에 '이번에 혹시' 하는 생각
도 들었다.

　"이게 골프장이야 축구장이야?"

　올드 코스 첫 번째 홀에서는 이런 얘기가 나온다. 2번
홀에 가서는 "이게 골프장이야 황무지야"라고 불평한
다. 골프의 성지라는 세인트앤드루스 올드 코스에 가본
사람 중 절반은 올드 코스를 매우 좋아하는데 절반은
매우 실망한다. 하드코어 영화처럼 호불호가 명확히 갈
린다.

나는 올드 코스를 매우 좋아한다. 역사와 전통 같은 보이지 않는 향취를 느낀다. 그러나 불평하는 사람의 생각도 이해가 된다. 그들 말에 반박을 안 한다. 아니 못 한다. 기자의 주관적인 감정으로만 그들을 설득하기는 어렵다.

사실 올드 코스를 보고 실망하는 것도 전혀 이상하지 않다. 올드 코스 1번 홀은 말 그대로 운동장이다. 한국의 명문 골프장처럼 멋진 클럽 하우스에, 아늑하고 럭셔리한 분위기를 기대했다면 완전 '아니올시다'다. 일반인들이 지나다니는 그냥 광장 같은 곳이다. 페어웨이와 러프가 구분되지 않고 그냥 네모반듯해 골프장 같지 않다. 일요일에는 골프 코스가 동네 사람들의 공원이 된다.

유명 선수들이 은퇴하면서 손을 흔드는 스윌컨 다리는 사진으로는 매우 웅장해 보이는데 사진을 매우 잘 찍는 사람들이 만들어낸 눈속임이었다고 생각할 수도 있을 정도다. 크기도 별로 크지 않고 밋밋하다. 평범하고 작은 돌다리에 불과하다.

2번 홀부터는 앞이 잘 보이지도 않는다. 홀의 깃발이 보이는 일직선 코스가 좋은 골프장이라는 인식을 가지고 있는 한국 골퍼들에게 매우 낯설다. 코스는 버려진 황무지 같은 느낌이 들기도 한다. 그린과 그린 밖의 구분도 명확하지 않다.

코스는 단조롭다. 일반적인 코스에 파 4홀이 열 개인데 여기는 열네 개다. 파 5홀이 두 개뿐이고 파 3홀도 두 개다. 코스에 리듬감이 부족하다.

구조도 밋밋하다. 코스는 지팡이처럼 생겼다. 한 방향으로 죽 달리니 계속 똑같은 방향의 바람을 상대해야 한다. 이런 코스는 별로 좋은 평가를 못 받는다. 그린은 너무 크다. 옆 홀과 함께 쓰는데 경우에 따라서는 100야드 퍼트를 해야 할 때도 있다.

오래된 코스라 전장을 억지로 늘려 놓아 티잉그라운드의 위치가 옹색하다. 파 4홀이 약하다. 디 오픈 챔피언십이 열리는 모든 골프장의 파 4홀 중 가장 쉬운 홀 순위를 보면 1위부터 8위까지 모조리 올드 코스 차지다. 바람만 변덕을 부리지 않으면 웬만한 선수들의 공격에 속수무책으로 당한다.

그중 가장 쉬운 홀은 18번 홀이다. 메이저 대회를 개최하는 코스는 마지막 홀이 매우 중요하다. 드라마가 생기도록 만들어야 한다. 그러나 올드 코스 18번 홀은 별 것 없다. 현대 장비와 훌륭한 스윙을 갖춘 선수와 맞서 싸우기에 이 홀은 늙었다. 그냥 쉬운 파나 버디를 허용하는 홀일 뿐이다.

그런데 이상하게도 이 올드 코스가 위대한 챔피언을 만든다.

타이거 우즈는 세인트앤드루스에서 두 번 우승했다. 디 오픈은 세인트앤드루스에서 5년마다 한 번씩 열린다. 우즈는 올드 코스에서 매우 강했다고 볼 수 있다. 우즈 이전의 최고 선수인 잭 니클라우스도 비슷하다. 그는 디 오픈에 38번 출전했다. 우승은 세 번이다. 그중 세인트앤드루스에서 두 번 우승했다.

올드 코스는 위대한 선수를 알아보는 것 같다. 마스터스에서도 유명 선수들이 많이 우승한다. 마스터스가 열리는 오거스타 내셔널이 변별력이 뛰어난 코스라고 볼 수도 있지만 실제로 우승을 놓고 경쟁하는 선수가 70명 정도에 불과해서이기도 하다. 예를 들어 타이거 우즈와 필 미켈슨 두 스타 선수만 나오면 둘 중 한 명이 우승하게 되어 있다. 디 오픈은 말 그대로 열린 대회라서 선수들이 156명이나 출전한다. 그런 면에서 올드 코스는 다른 코스와는 비교할 수 없을 정도로 가장 뛰어난 선수를 가려냈다.

여자 선수에게도 그렇다. 로레나 오초아는 세인트앤드루스에서 첫 메이저 우승컵에 입을 맞췄다.

왜 그럴까. 시대에 뒤떨어지는 느낌이 날 정도로 오래되고 별로 훌륭한 것 같지 않은 올드 코스가 왜 가장 변별력이 뛰어난 코스일까.

타이거 우즈는 이렇게 설명했다. "링크스는 창의성을 가지게 한다. 미국 코스는 러프 길이를 제외하면 실질적으로는 다 똑같은 골프장일 뿐이다. 공중전(장타)에 능하고 똑같은 샷만 쳐대는 선수가 미국에서는 상위권에 오를 수 있지만 링크스에서는 아니다. 바람과 땅의 굴곡을 잘 이용하고 항상 다른 샷을 쳐야 한다. 디 오픈에선 창의성이 있어야 한다. 그린 밖 50야드에서 퍼팅해야 할 때도 있고 135야드에서 5번 아이언을 쳐야 할 때도 있다."

잭 니클러스는 이런 얘기를 한다. "선수들이 링크스에서 불평하는 경우가 있다. 악천후와 더불어 나쁜 바운스를 원망한다. 잘 친 샷이 땅의 경사 때문에 엉뚱하게 튀어 러프나 벙커로 들어가는 일이 잦다. 왜 잘 친 샷이 이렇게 됐느냐고 짜증을 낸다. 그러다 스스로 무너지는 경우가 종종 있다. 샷 기술뿐 아니라 불운에도 견딜 정신력이 있어야 디 오픈에서 우승할 수 있다."

올드 코스는 자연이 만든 코스여서 위대한 챔피언을 냈다는 주장이 있다. 인간이 만든 코스는 인간의 머리로 정복할 수 있지만 자연이 만들었기 때문에 위대하고 변별력도 뛰어나다는 것이다. 우즈는 "올드 코스는 A지점에서 B지점으로 가는 길이 무수한 코스"라고 말했다.

사실 이 말은 유명한 골프 기자들이 먼저 한 얘기인데 논리상 궁색한 부분이 있다. 오롯이 자연만이 올드 코스를 만든 것은 아니다. 예전부터 있던 코스를 톰 모리스 등이 개조했다. 다른 링크스도 자연과 인간의 합작품인 것은 비슷하다.

올드 코스에서는 성지라는 무게감 때문에 뛰어난 선수들이 더욱 집중하고, 멘탈이 약한 선수들이 무너진다는 가정도 가능하지만 증명할 수는 없다. 또, 타이거 우즈가 다른 코스에서는 대충 경기하고 올드 코스에서는 초인적인 인내력을 보였다고 할 수는 없다. 결국 올드코스의 이 위대한 능력은 설명이 잘 안 된다.

결국 이유를 잘 모르겠다. 이유를 설명할 수 없다면 과학이 아니고 우연일지도 모른다. 우즈와 니클러스가 올드 코스에서 우승 확률이 엄청나게 높았던 것은 샘플 수가 적어서일지도 모르겠다. 그렇다 해도, 올드 코스에 뭔가 있기는 한 것 같다. 메이저 대회를 여는 코스 중 가장 오래된 골프장인데도 가장 훌륭한 결과를 냈다. 시간과 싸워 승리한, 시간이 지나도 변하지 않은 품격을 만들어냈다. 이건 부인할 수 없는 사실이다. 이유를 설명하기 힘든 부분이기도 하다. 그래도 뭔가 있기는 있다. 올드 코스의 미스터리다.

골프 황제가 좋은 성적을 냈던 올드 코스지만 2015년 대회에서 우즈는 좋지 않았다. 7오버파 143위로 컷탈락했다. 인터뷰에서 그는 "공은 잘 쳤는데 왜 그런지 바람을 이기지 못했다. 공의 스핀량에 대해서 체크해 보겠다"면서 집으로 돌아갔다. 미디어 센터의 기자들은 그 얘기를 듣고 우즈가 현실을 직시하지 못하며 뻔뻔스럽기까지 하다고 빈정거렸다.

우즈는 연습장에서는 잘 쳤는데 실제 대회에선 못 쳤다. 메이저 대회라는 중압감 속에서 치는 것은 완전히 다른 얘기다. 드라이버는 좋았다. 그러나 웨지샷을 축구장만 한 그린에 올리지 못하기도 했다. 메이저 첫 라운드 첫 홀 보기를 하는 악습도 이어졌다. 우즈는 스캔들 이후 메이저 대회에서는 긴장감을 이기지 못했다.

경기 전 그는 허풍이 좀 셌다. 우즈는 "이번 대회에서 당연히 우승을 노린다. 거의 다 됐다. 예전보다 오히려 공을 잘 친다"고 했다. "메모리얼 토너먼트에서 85타를 친 내가 이렇게 얘기하면 믿어지지 않겠지만 그때는 중요한 변화를 하던 때였고, 코스가 매우 어려운데도 나는 변화를 시도했고, 성공했고, 그래서 이후 공을 매우 잘 치고 있다"고 했다. 그는 너무나 확신에 차 있었기 때문에 그 말을 들었을 때 우즈가 정말 디 오픈에서 우승할 것 같다는 느낌도 들었다.

우즈가 "돌아왔다"고 주장한 논거 중 하나는 "올해 마스터스에서 우승 기회가 있었다"는 것이었다. 내 기억과는 달라서 혹시 잘못 들었나 하고 생각했다. 나중에 스크립트를 보니 제대로 들었다. 예전에 토익 공부한 게 효과가 전혀 없지는 않았다. 그는 마스터스에서 우승할 기회가 있었다고 얘기했다.

기록을 찾아봤다. 우즈는 마스터스에서 첫날 1오버 파를 쳤다. 선두 조던 스피스와 아홉 타 차가 났다. 최종 성적은 17위였다. 스피스와 열세 타 차였다. 그 중간에 잠깐 반짝한 적은 있다. 3라운드를 마치고 공동 5위까지 올라갔다. 이전 대회에서 뒤땅을 치며 기권하기도 했던 우즈로서는 장족의 발전이었으나 말 그대로 잠깐 반짝이었고 그때도 선두와 차이(10타)가 워낙 컸다. 10년에 한 번 나올까 말까 한 기적이 일어난다면 몰라도, 아무리 긍정적으로 생각해도 우승 기회를 잡은 것은 아니었다. 그러나 우즈는 믿었다. 마스터스에서 우승할 기회가 있었다고.

이뿐만이 아니었다. 그는 "(가장 최근 출전한) 그린브라이어 클래식에서 공을 매우 잘 쳤다. 퍼트를 엄청 못했는데도 선두와 네 타 차에 불과했다"고 했다. 나는 역시 그렇게 잘한 건 아니었던 것으로 기억됐다. 선수들 말이 맞나 일일이 뒤질 필요는 없지만 이왕 사실 확인에 나선 김에 찾아봤다.

우즈가 보기 드물게 공을 잘 친 것은 맞다. 그러나 우승자와 네 타 차가 아니고 여섯 타 차였다. 우즈는 퍼트 몇 개만 더 들어갔다면 우승할 수 있었다고 믿는 듯했지만 실제는 그렇지는 않다. 그는 공동 32위였다.

퍼트가 좀 나았어도 상황을 바꾸지는 못했을 것이다. 또한 정상급 선수가 거의 출전하지 않은 대회였다. 그러나 우즈는 굳게 믿고 있었다. 공을 가장 잘 쳤는데 퍼트가 안 들어가 아쉽게 우승을 놓친 대회로.

우즈가 거짓말을 한 것은 아니다. 그는 사실을 몰랐다. 자기가 원하는 것만을 보고 때로는 원하는 것을 보려고 무의식적으로 왜곡할 수도 있다.

스포츠 스타는 상대를 속여야 한다. 페널티킥을 차는 선수는 골키퍼를 속여야 하고 야구 투수는 타자를 속여야 한다. 그러다 보면 때로는 자신까지 속인다. 스포츠의 슈퍼스타는 어떤 상황에서도 긍정적인 마인드를 가진다. 확신을 가진다. 그래야 이길 가능성이 조금이라도 생긴다. 비루한 현실을 인정한다면 그는 슈퍼스타가 아니다.

우즈의 말 꼬리를 잡아서 그를 인민재판에 넘기려는 건 아니다. 학자나 기자는 사실을 틀리면 안 되지만 선수는 그래도 된다. 당시 우즈의 세계랭킹이 241위였는데 1등이라고 생각해도 된다. 우승 기회를 잡지 못했는데 아쉽게 우승을 놓쳤다고 생각해도 된다. 뒤땅을 치면서도 내가 제일 잘 친다고 생각해도 된다. 허리가 아픈데 아프지 않다고 생각해도 된다. 적어도 남에게 피해를 주지는 않는다.

그는 확신범이다. 누군가 망상이라고 할지 몰라도 우즈는 자신이 최고라고 생각한다. 종교 지도자처럼 굳게 믿는다. 어떤 기자가 의심을 했다. "혹시 은퇴할 생각은 없느냐"고 물었다. 우즈는 씩 웃더니 "당신 중 일부가 나를 (땅에) 묻어서 보내려 하지만 나는 바로 여기 당신들 앞에 있다"고 했다. 땅에 묻어도 살아나는 그가 십자가에 매달렸다가 부활한 예수 같다는 느낌이 들었다. 그를 묻으려던 기자는 가룟 유다였고 나는 예수를 새벽 닭이 울기 전 세 번 부인한 베드로 같았다.

타이거의 시대는 아주 길었다. 왕정 시대에 살던 사

람이 혁명으로 공화제가 되면 정신적인 혼란이 일어난다. 나도 그렇다. 그가 첫 홀 웨지샷을 스월컨 개울에 빠뜨리며 아쉬워하는 모습은 차마 보기 어려웠다. 오랫동안 타이거 우즈라는 황제의 위용 속에서 살아온 사람으로서 그가 꼴찌를 하는 모습은 몹시 어색하다. 불편하다. 그가 고개를 숙이는 모습을 보면 내가 고개를 숙이는 것 같다.

그래서 우즈가 큰 소리를 치는 것이 오히려 보기 좋았다. 그 거만함이 무뎌지지 않았으면 좋겠다. 굳게 믿으면 이뤄지기도 한다. 나폴레옹이 헬레나 섬에 유배를 가서도 기가 꺾이지 않았고 잠시나마 다시 정권을 잡았던 것처럼 우즈도 마지막 불꽃을 피울 시기가 올 수도 있겠다고 여겼다.

우즈는 컷탈락 해 집으로 돌아가면서 "다음 대회에서 우승하고 싶다"고 했다. 150주년 디 오픈이 열리는 2021년 세인트앤드루스에 다시 올 것이냐는 질문에는 "머리숱이 줄어들 것 같지만 그땐 더 잘하고 싶다"고 말했다.

적어도 그의 가슴속에 있던 불꽃은 꺼지지 않았다. 그 불꽃의 연료가 사실이든, 희망이든, 망상이든 상관없다고 생각했다.

타이거 우즈와 골프용품

Q. 타이거 우즈가 진짜 위대한 이유는.
A. 나이키 클럽을 쓰면서도 잘 친다.

골프계에서는 이런 농담이 돌았다. 나이키 용품이 열등하다는 의미다. 이 말을 공개석상에서 직접 한 선수도 있다. 필 미켈슨은 2003년 "타이거 우즈는 나보다 스윙 스피드는 빠른데 열등한 장비를 써 거리가 덜 나간다"고 했다. 역시 농담 비슷하게 했는데 우즈의 용품을 지원하는 나이키로서는 그냥 넘어갈 일이 아니었다.

나이키는 "우리 볼을 쓰기 시작한 2000년 우즈는 4연속 메이저 우승(타이거 슬램)을 했고, 나이키 드라이버를 처음 잡은 2002년 마스터스와 US오픈에서 연속 우승했으며, 아이언을 바꾼 직후엔 월드 골프 챔피언십에서 우승했다"고 조목조목 반박했다.

세계 최대 스포츠 브랜드가 발끈하자 미켈슨은 물러섰다. 그는 "나이키가 열등하다는 말이 아니라 우즈가 훌륭하다는 말을 하려던 것"이라고 사과했다. 그래도 미켈슨의 '열등한 장비'라는 단어는 매우 강렬했다. 일부 골퍼는 아직도 나이키는 열등한 클럽이라고 기억한다.

나이키는 '최고의 선수를 통한 최고의 플레이'를 보여

주는 것을 마케팅의 모토로 삼는다. 농구의 마이클 조던 등 각 분야의 독보적인 선수를 후원했다. 미국 회사인 나이키는 생소한 유럽 스포츠인 축구 시장에 들어가 최고 선수와 팀을 후원하며 아디다스와 맞먹는 회사로 단기간에 성장했다. 나이키는 스포츠 용품 업체 중 가장 거대한 브랜드이며 나이키라는 말 뜻 그대로 승리의 상징이 됐다.

나이키는 마이클 조던과 타이거 우즈 같은 슈퍼스타를 통해 성장했다. 아디다스는 테일러메이드를 인수해 골프 시장에 들어왔다(가 팔았다). 나이키는 자신감이 있었기 때문인지 독자적인 길을 걸었다. 1984년부터 골프화와 의류를 만들었고, 96년 프로로 전향한 우즈와 계약하면서 본격적으로 골프 용품 시장을 점령하고자 칼을 뺐다.

2000년 우즈가 나이키 공을 사용하기 시작하면서 볼 시장 점유율은 1퍼센트에서 6퍼센트로 성장했다. 나이키 클럽을 든 우즈는 오랫동안 황제로서 집권했다. 나이키는 여자 타이거로 불린 미셸 위까지 잡았다.

다른 스포츠라면 이 정도에서 게임은 끝나고 나이키가 골프라는 시장을 접수했을 것이다.

그러나 골프는 보수적이고 진입 장벽이 높다. 골프용품에는 1000개가 넘는 특허가 걸려 있다. 나이키는 연구개발에 큰돈을 썼지만 후발 주자로서 특허권을 피해 제품을 개발하는 게 만만치 않았다.

새로운 것을 만들면 되지만, 용품 기능이 지나치게 발전하면 골프에 나쁘다고 생각하는 규제기관에서 달가워하지 않는다. 골퍼들도 매우 보수적이다. 기존 브랜드에 대한 충성심이 높다.

골프 용품 업계에서는 "나이키는 기본적으로 의류와 신발 회사지 기능이 중시되는 용품 회사가 아니다"라면서 나이키의 실패를 점쳤다. 그러나 나이키는 선방했다. 2013년 8억 달러에 가까운 매출도 올렸다. 이 적대적인 용품 시장에서 그만큼 버틸 수 있었던 이유는 물론 타이거 우즈 효과 덕분이었다.

우즈의 그림자도 있었다. 나이키가 2006년 개발한 사각 드라이버 등은 혁신적인 상품이었다. 경쟁사들은 매우 긴장했다. 그러나 흐름을 바꾸지는 못했다. 나이키처럼 강력한 마케팅 능력을 가진 회사가 뛰어난 제품을 만들어 놓고도 성공하지 못한 것은 이례적인 일이다.

결론은 타이거 우즈가 쓰지 않아서다. 우즈는 "공이 워낙 똑바로 가기 때문에 왼쪽, 오른쪽으로 휘어 치는 것을 좋아하는 나에게는 맞지 않는다"고 했다. 우즈는 "아마추어에게는 아주 좋다"고 추천했는데 사람들은 그 말을 듣지 않았다. 사람들은 골프 황제가 쓰는 걸 똑같이 쓰고 싶어 했다. 나이키가 내놓은 신소재 골프공인 레진도 우즈가 쓰지 않아 붐을 일으키지 못했다.

2010년 이후 나온 나이키 클럽은 열등하지 않다. 다른 용품보다 낫다고 평하는 선수도 있다. 뉴질랜드 교포 대니 리는 나이키와 계약 협상을 하려고 용품을 써 봤는데 클럽 성능에 대한 이슈는 전혀 없었다고 한다.

그러나 2016년 나이키는 골프용품 사업을 접고 신발과 의류 사업에 전념하겠다고 전격 발표했다. 3년 동안 계속 매출이 줄었다고 한다. 우즈의 부진과 관계가 있다. 우즈가 몸이 아파 뛰지 못하는 시간이 길어지자 타이거 우즈 효과 는 점점 줄어들고 있었다. 나이키는 로리 매킬로이나 미셸 위 등도 후원했지만 타이거 같은 폭발력은 없었다.

나이키라는 브랜드의 강한 소구력은 골프의 영역을 넓 히는 데 기여했다. 나이키는 골프를 하지 않는 사람들에게 도 골프를 알려줬다. 그래서 골프 산업 측면에서 보면 나 이키의 철수는 아쉽다.

나이키는 1996년 타이거 우즈의 프로 전향과 함께 골 프용품 시장에 들어왔다. 우즈와 함께 골프라는 시장이 커 질 것이라고 기대했고 예상은 적중했다. 그러나 우즈가 경 기에 나오지 못하자 사업을 접었다. 나이키 골프는 우즈와 함께 성장했다가 딱 20년 만에 우즈와 함께 골프의 무대에 서 내려갔다. 우즈는 다시 부활했지만 나이키 골프 클럽은 역사의 유물이 됐다.

실력이 뛰어난 우즈는 어떤 용품을 썼어도 골프 황제

가 됐을 것이다. 미켈슨의 '열등한 클럽' 얘기에서 유추할 수 있다. 경쟁자들도 이를 인정했다.

엄청난 브랜드 파워를 가진 나이키라면 어떤 스포츠 종목에서든 최고가 될 수 있을 것 같았다. 그러나 실패했다. 결과적으로 나이키 골프는 우즈라는 선수의 종속적 존재였다. 승리의 상징 나이키의 철수(패배)에서 다시 한 번 거대한 타이거 우즈의 그늘을 보게 된다.

타이거 우즈는 어릴 적부터 골프 용품을 좋아했다. 반짝이는 헤드와 쭉 뻗은 샤프트, 또 캐디백의 가죽 냄새를 좋아했다. 골프 용품을 항상 깨끗이 정리해 문 앞에 두고 잤다. 10대 초반부터 골프 퍼터 명장 스코티 카메론과 친하게 지냈다. 그래서 골프 장비에 대한 조예가 깊다. 손 감각도 매우 예민하다. 1그램의 무게 차이도 쉽게 알아낸다.

나이키 용품을 쓸 때 타이거 우즈는 자신이 쓰는 공에만 'TIGER'라는 이름을 박게 했다. TIGER라는 이름을 독점하고 싶어 했다. OB 등으로 잃어버린 자신의 공을 다른 사람이 쓰는 것도 싫어했다.

나이키에서 그의 공을 개발하던 이시이 히데유키는 우즈의 신혼 때인 2005년 나와 만나 "우즈의 부인 엘린에게 분홍색 글자로 이름을 새긴 공을 선물했다. 우즈가 좋아할 줄 알았는데 오히려 싫어하더라. 엘린이 자주 숲으로 공을 날려 버리기 때문에 '엘린'이라고 새겨진 공이 인터넷 경매 등에 나올까 걱정했다"고 말했다.

까칠하던 우즈는 허리 부상 등 풍상을 겪으면서 성격이 무던해졌다. 브리지스톤에서는 우즈의 허락을 받고 TIGER라고 새긴 공을 만들고 있다. 예전에는 상상도 할 수 없는 일이었을 것이다. 우즈는 타이거 볼을 통해 얻는 로열티를 자선기금에 쓰기로 했다. 시판되는 브리지스톤 타이거 우즈 공에 번호는 1번만 있다. 번호 1번만 쓰는 우즈와 똑같이 하기 위해서다.

우즈 광고도 화제다. 그는 브리지스톤 국내 TV 광고에서 한국어로 "타이거 우즈 볼 최고예요", "대박"이라고 했다. 미국 방송 광고 촬영장에서 한국 직원이 "한국어로 한 마디"를 요청하자 우즈가 흔쾌히 따랐다고 한다. 역시 예전에는 있을 수 없는 일이었다. 이 광고는 그야말로 대박이 됐다.

한국 브리지스톤에 의하면 프리미엄급 모델 볼 중 타이거 우즈 볼 판매량이 압도적으로 많다. 타이거 우즈와 똑같은 용품을 쓰고 싶어 하는 골퍼들의 욕구가 높은데 우즈가 한국말로 광고함으로써 지갑을 열게 했다고 분석된다.

광고 촬영장에서 분위기가 좋았다고 한다. 브리지스톤은 광고가 히트하자 광고 촬영 과정 필름을 공개하려다 그만뒀다. 재미있기는 했는데 우즈의 입이 걸어 가끔 욕이 나왔기 때문이라는 후문이다. 최경주는 "우즈가 LA 지역에서 자라 한국 교포 친구들이 있다. 함께 경기할 때 농담으로 한국 욕을 하기도 했다"고 말했다.

LPGA 스타 박성현과의 광고 촬영도 화제였다. 테일러메이드 드라이버 광고에 출연해 우즈는 박성현의 샷을 보고 "남달라"라고 칭찬한다. 박성현은 우즈를 보고 "미친 듯이 빨라", "와 말도 안 돼"라고 놀란다. 박성현은 우즈를 만나 강한 영감을 받았다고 한다. 우즈를 만난 후 한 달 후 HSBC 챔피언스 최종라운드에서 버디 아홉 개를 몰아치며 당시 세계 1위 아리야 주타누간에 대역전 우승했다. 박성현은 "우즈가 인터뷰를 보고 있다면 이 말을 해주고 싶다. 그를 만나 커다란 에너지를 얻었다. 그것이 이 우승을 만들 수 있었다"고 했다.

우즈는 공과 퍼터를 제외하고는 테일러메이드 용품을 쓴다. 왜 볼은 테일러메이드가 아니라 브리지스톤 브랜드를 쓸까. 타이거 우즈가 쓰던 나이키 공은 실제로는 브리지스톤에서 제품이었다고 한다. 나이키 로고를 붙였고 딤플 등 겉모양은 약간 다르지만 브리지스톤에서 비밀리에 만든 공이었다는 거다.

우즈는 "20년 가까이 브리지스톤의 R&D 팀과 일해 그들이 가장 뛰어나다는 것을 안다. 최근 몇 년간은 내가 볼 제작에 많이 관여했기 때문에 내가 만든 공이라는 생각도 든다"고 말했다.

9장

만오천 평
저택 속의
비명

팜비치

우즈는 미국 플로리다주의 주피터 아일랜드에 산다. 올랜도에 오래 살다가 스캔들, 이혼을 겪은 후인 2011년 이주했다. 주피터는 미국 최고 부자 동네 중 하나다. 가수 셀린 디옹, 골퍼 그레그 노먼 등이 거주하며 2008년 금융위기 때도 집값이 거의 떨어지지 않은 것으로 유명하다. 우즈의 집은 대지 면적 4만8562제곱미터(약 1만4690평)이며 약 168억 원을 투자해 기존 건물을 헐고 건물 네 동(본채와 골프스튜디오, 게스트하우스, 요트하우스)을 지었다.

집은 미니 올림픽 타운이라고 해도 무방하다. 두 개의 요트 선착장을 비롯해 농구장, 테니스장, 수영장이 있다. 수영장은 다이빙 풀과 랩 풀(lap pool, 집의 미관을 살리기 위해 만든 레인 하나짜리 수영장. 운동도 할 수 있다) 두 개다.

집 앞 마당에는 네 개의 그린과 일곱 개의 벙커가 있다. 그린에는 여러 대회에 적응할 수 있도록 각기 다른 잔디를 심었다. 굴곡이 심한 그린, 평평한 그린 등 다양한 환경을 조성했으며 플로리다의 기후에 견딜 수 있도록 그린 밑에 온도, 습도 통제 시스템을 달아 놨다. 벙커도 깊이와 모래 종류를 다르게 조성했다.

우즈는 "내가 쇼트게임 시설을 디자인했으며 건축과정을 감독했는데 경이롭다"고 자랑했다. 우즈는 "바람이 불지 않을 경우 7번 아이언(190야드)까지 쓸 수 있는 시설이며 150야드 이내의 다양한 샷을 연습하기 위한 완벽한 장소"라고 말했다. 골프 스튜디오엔 피트니스 센터는 물론 비디오 센터, 퍼팅 스튜디오, 산소 테라피룸 등이 있다. 이 건물 2층에서 야외로 샷을 할 수 있다.

우즈는 마이클 잭슨의 네버랜드 같은 꿈의 공간을 생각했던 것 같다. 그러나 마이클 잭슨이 네버랜드에서 그랬던 것처럼 우즈도 이 저택에서 행복하지 못했다. 메이저 우승은 오래전 기억일 뿐이다. 그가 허리가 아파서 내는 신음 소리는 대저택이라서 더 크게 울려 퍼졌을지도 모른다.

2015년 디 오픈에서 컷탈락한 우즈는 또 다시 허리 수술을 받아야 했다. 수술 후 막 걷기 시작한 2015년

12월 〈타임〉에 인터뷰 기사가 떴다. 우즈는 이례적으로 솔직하게 얘기했다. 나는 그가 조심스럽게 골프 인생의 끝을 예고한 것은 아닐까 생각했다. 다음과 같은 발언 때문이다.

"골프를 그만두고 싶지 않다. 반면 아이들의 삶은 훨 씬 더 중요하다. 두 가지를 다 할 수 있으면 이상적이지 만, 하나만 할 수 있다면 골프가 아니고 아이들이다. 허 리 때문에 집에서 앉아 있는 시간이 많다. 아이들과 함 께 하는 일상이 행복하다."

"물론 최고 자리에 다시 올라갈 수 있다. 그러려면 건강해야 한다. 100퍼센트 건강하기는 어렵지만 얼추 비슷해야 한다. 나이가 들었기 때문에 통증 속에서 경기 해야 한다는 것은 안다. 그러나 더 이상 수술은 싫다. 일 곱 번이면 충분하다. 무릎 네 번, 허리 세 번 수술했다. 그 정도면 할 만큼 했다."

골프보다 가족이 더 중요하며 가족을 희생하지 않겠 다는 것이다. 골프를 위해 태어난 것으로 생각하던 이전 과는 확연히 다른 생각을 하고 있었다. 우즈는 "2003년 부터 수술 후 너무 일찍 복귀해 몸이 망가졌다. 최근 집 연습장에서 플롭샷 연습을 하다가 신경을 건드렸다. 쓰 러졌는데 사람을 부르기 위해 핸드폰을 집을 수도 없을 정도였다. 다행히 딸의 도움으로 사람을 부를 수 있었다"고 했다.

1996년 데뷔한 두 스포츠 스타가 있다. 타이거 우즈와 농구의 코비 브라이언트다. 브라이언트는 2015년 은퇴를 선언했다. 그는 '농구에게(Dear Basketball)'라는 제목의 시 비슷한 편지를 한 매체에 기고했다. 그는 "마음은 변함없는데 몸이 말을 듣지 않는다"라고 했다. 코비 브라이언트는 골이 들어가지 않을수록 슛을 더 적극적으로 던지는 선수였다. 열 번 실패하면 다음 열 번은 모두 들어갈 거라는 자신감으로 던졌다. 그래서 최고가 됐다. 우즈도 비슷하다. 자신감 하나로 똘똘 뭉친 브라이언트도 20년의 세월을 이기지 못하고 은퇴를 선언했다. 그는 2020년 초 불의의 헬기 사고로 41세의 나이에 세상을 떠났다.

타이거 우즈는 "(브라이언트의 부진을) 보는 게 고통스럽다"고 했다. 우즈는 또 "허리 수술을 한 번 더 하게 되어 놀랐다. 내가 돌아와서 젊은 선수들과 겨룰 수 있기를 원하지만 그게 불가능하다면 재단을 키우든지 골프 코스 디자인을 하는 등 다른 길을 찾을 것"이라고 말했다. 기자들은 기자회견 분위기가 우울했다고 전했다. 우즈는 다른 인터뷰에서 "만약 몸이 좋아진다면 절대 아버지나, 어머니나, 에이전트나, 나이키 같은 스폰서나, 나의 재단이나, 팬을 위해서가 아니라 나를 위해 골프를 하겠다. 오직 나만을 위해서 하겠다"라고 했다. 이제야 자신을 킬러로 키운 부모의 굴레에서 벗어나 자신의 삶을 살겠다고 선언한 것이다. 그 말이 가장 측은하게 들렸다.

우즈는 이듬해 가을 투어에 나왔다. 그러나 또 기권했다. 우즈는 유러피언 투어 두바이 데저트 클래식에 나갔다가 1라운드만 마치고 기권했다. 그가 벙커에서 나오는 모습은 몸이 아픈 노인처럼 보였다. 우즈는 2017년 마스터스에도 참가하지 못했다. 4년간 세 번 불참이었다. 그리고 또 수술한다고 했다. 사실상 선수 우즈의 끝이었다.

우즈는 이후 홈페이지를 통해 수술이 잘됐다고 발표했지만 수술이 잘됐다고 발표한 건 한두 번이 아닌지라 큰 뉴스는 못 됐다. 양치기 소년의 말처럼 들렸다.

그러다 또 한 번 우즈가 뉴스의 중심이 됐다. 6월 우즈는 경찰에 체포됐다.

눈에 띄게 적어진 머리 숱, 깎지 않은 수염. 타이거 우즈는 초췌했다. 특히 눈이 그랬다. 초점을 잃었고 눈꺼풀은 축 처졌다. 커다란 눈꺼풀이 눈을 대부분 덮은 만

화 캐릭터 가필드 사진과 비교한 그림이 나올 정도였다.

우즈의 자동차는 길에서 시동과 깜빡이가 켜진 채 양쪽 범퍼가 파손되고 타이어는 터진 상태로 발견됐다. 우즈는 잠들어 있었다. 그는 자신이 어디에 있는지 몰랐다. 매우 어눌하게 횡설수설했고 몸을 가누지 못했다. 경찰서에 가서도 오랫동안 정신을 차리지 못했다. 자신은 물론 다른 사람에게 큰 피해를 입힐 수도 있었다. 그는 음주운전 혐의로 경찰에 체포됐다.

당시 찍은 머그샷(경찰서에서 찍는 범죄 혐의자의 얼굴 사진)은 41세 치곤 너무 늙어 보였다. 골프 황제의 위엄은 사라졌다. 외로워 보였고 뭔가 도움을 바라는 듯한 표정이었다. 2009년 섹스 스캔들 직후 그의 표정이 연상됐다.

머그샷이 유죄 판결은 아니지만 이미지는 매우 강렬하다. 미국에서는 셀러브리티들의 머그샷을 몰락의 상징으로 여긴다. 스타는 이미지다. 완벽하게 포장되고 예술적으로 다듬어진 포토샵 사진 속에 살던 스타라도 어느 날 아침 뉴스에 머그샷이 뜨면 아우라는 사라진다. 스타는 권위·능력·돈·스타일리스트·홍보담당자 등 보호막이 제거된 초라한 모습으로 나타난다. 머그샷 이전의 모습으로 돌아가기가 쉽지 않다. 대중도 그를 이전과

같이 보지 않고 본인도 그렇게 느낀다. 스포츠 스타는 경쟁자들이 만만하게 생각한다. 셀러브러티의 머그샷은 흔치 않기 때문에 널리 확산된다. 인터넷은 잊지 않는다.

우즈가 최고 스타가 될 수 있었던 이유 중 하나는 도덕적 자부심이었다. 그는 다른 선수들보다 열심히 훈련했고 경쟁자보다 열심히 하기 때문에 우승할 만하다는 자부심이 강했다. 그 자부심은 2009년 세상을 떠들썩하게 한 섹스 스캔들과 함께 깨졌다. 우즈는 이후 뭔가 불안해 보였다. 메이저 대회에서 우승하지 못했다. 우즈는 머그샷으로 마음속에 또 다른 주홍글씨를 안게 됐다.

당시 이런 칼럼을 썼다.

골프 기자로서 타이거 우즈라는 최고 스타와 동시대를 보낸 것을 행운이라고 여겼다. 보나파르트 나폴레옹이나 알렉산더, 칭기즈칸 같은 대제국을 건설한 영웅의 시대에 사는 역사가와 비슷한 마음일 것이다. 역사가는 그들의 제국, 그들의 전투, 그들의 이상, 그들의 영토, 그들의 마음, 그들의 부하, 그들의 고독, 그들의 여인까지 불세출의 영웅의 모습을 뜯어볼 수 있다. 냉정하지만 그중 하나는 영웅의 몰락이다. 이 머그샷이 그

상징이 될 것 같아 씁쓸하다.

나는 우즈가 끝났다고 생각했다. 이후 나온 경찰 조사는 나의 그런 생각을 더욱 단단하게 했다.

음주운전 여부를 가리려고 실시한 그의 소변 검사 결과에서 알코올 성분은 발견되지 않았지만 다섯 가지 약물이 검출됐다. 마약성 진통제 바이코딘, 또 다른 마약성 진통제 하이드로몰폰, 마리화나의 환각 성분인 THC(테트라하이드로칸나비놀), 수면 유도제 졸피뎀 성분인 엠비언, 신경 안정제 알프라졸람 등이다.

우즈가 이 약물을 처방받았는지는 확인되지 않았다. 처방을 받았다면 불법 약물은 아니다. THC, 바이코딘, 하이드로몰폰은 국제 대회에선 금지 약물로 지정돼 있지만, 대회 중에 복용한 게 아니라면 도핑 위반도 아니다.

그러나 상당히 위험한 것이다. 부작용 때문에 잘 처방하지 않는 성분이며 중독 의존 성향이 강하다. 바이코딘은 효과가 좋아 운동선수들이 몰래 사용하는 일이 잦다. 그러나 미국 식품의약국(FDA)이 "과다 복용 시 의식을 잃거나 사망에 이를 수 있다"고 경고한 약물이다. 미국 드라마 '하우스'에서 주인공인 닥터 하우스는 통증 때문에 바이코딘을 매일 복용하다가 약에 중독된다.

하이드로몰폰은 아편의 주성분인 모르핀 중에서도 효과가 강한 것이다. 미국에서 사형을 집행할 때 사용한 바 있다. 통증이 심각하지 않은데도 이 처방을 받았다면 중독과 관련이 있을 수 있다. THC는 마리화나 환각 성분으로 통증 완화에 효과가 있다. 치료 목적이라면 플로리다 주에서는 합법이다. 그러나 역시 중독성이 문제다.

우즈의 정신 건강도 문제다. 졸피뎀은 강력한 수면제다. 우즈의 불면증은 유명하다. 며칠씩 잠을 못 이룬다. 잦은 해외 투어에서 비롯된 수면 불균형과 스트레스, 불안감도 원인이다. 로리 매킬로이는 "우즈가 새벽 3시에 '나는 역기를 들고 있는데 너는 뭐하고 있느냐'라는 메시지를 보내기도 했다"고 말했다. 우즈가 강력한 두 가지의 수면제 성분을 복용하는 것은 그만큼 정신적 고통이 커 잠을 이루지 못하고 있다는 의미로 해석할 수 있다. 전문가들은 우즈의 몸에서 검출된 약물로 미뤄 볼 때 그의 육체적·정신적 고통은 외부에 알려진 것보다 훨씬 심각하다고 분석했다. 그러니까 다들 우즈는 완전히 끝났다고 생각했다.

10장
오거스타 II

스물둘에 기적,
마흔넷에 더
큰 기적

오거스타는 남자 메이저 대회가 열리면 숙박비가 확 올라간다. 선수와 관계자, 갤러리뿐 아니라 미국 전역에서 자원봉사자도 온다. 수만 명이 들이닥치니 숙박비가 올라가는 건 당연하다. 특히 사람들이 가장 선망하는 마스터스 기간에는 숙박비가 매우 비싸다.

우범지역에 있는데다 삐걱거리는 침대에서 자야 하는 40달러짜리 싸구려 모텔도 150달러를 받는다. 평소 120달러짜리 호텔은 부르는 게 값이다. 이 지역에는 집을 빌려주고 여행을 떠나는 사람이 많다.

나는 한인 민박을 이용했다. 오거스타는 별로 큰 도시가 아니지만 한국 교민이 꽤 있다. 인근에 있는 미군 기지 포트 고든의 영향이라고 사람들은 말한다. 한국 교회만 열 개 가까이 있고 식당도 있다. 내가 묵은 민박집

주인은 80대의 노인인데 아주 정정해 황금정이라는 식당을 운영했고 오래전에 떠나온 한국을 매우 그리워했다. 어르신은 매년 4월 마스터스를 기다렸으며, 대회가 열리면 매일 술상을 차려놓고 나를 맞았다. 그가 한 잔 걸치면 "자유당 때 이승만 박사가 경무대에서……" 등의 말이 자주 나왔다. 1960년대에 한국을 떠나왔다는 그에겐 오래전 한국이 화석처럼 남아 있다.

마스터스가 열리는 오거스타 내셔널 골프장도 자꾸 변한다. 타이거 우즈 때문이다. 1997년 우즈가 놀라운 장타를 때리면서 코스를 무력화시키고 열두 타 차로 우승했기 때문에 코스를 엄청나게 늘렸다. 이른바 타이거 프루프(tiger proof), 우즈에 대항하기 위한 코스 확장이었다.

그러나 코스를 개조하지 못한 곳이 있다. 11~13번 홀의 아멘 코너다. 워낙 유서 깊은 곳이라 함부로 건드리지 못한다. 한국에는 이 홀들이 매우 어려워 선수들의 입에서 '아멘' 하는 탄식이 절로 나온다는 뜻에서 그런 이름이 붙었다고 알려졌다. 사실이 아니다. 아멘 코너 세 개 홀의 평균 타수는 전체 타수의 평균보다 0.03타 낮다. 아멘 코너는 쉬운 편이다. 어려워서 아멘 코너가 된 것이 아니다.

어려운 곳 세 곳을 묶어야 한다면 9~11번 홀을 묶는 것이 적당하다. 그렇다면 왜 11~13번 홀이 묶였을까. 이 홀들은 골프장 남쪽 구석에 있다. 구석에 있어서 코너라는 말이 붙었다. 세 홀 모두 물이 영향을 주는 홀이다. 코스에 물이 있으면 일반적으로 아름답다. 골프는 홀이 아름다울수록 긴장감을 준다. 짜릿한 드라마가 일어날 여지가 있다.

그렇다면 이 코너가 사우스 코너가 아니라 왜 아멘 코너가 됐을까. 유명한 골프 기자인 허버트 워런 윈드가 1958년 12번 홀에서 일어난 아널드 파머의 드라마틱한 상황을 설명하면서 자신이 대학 시절 즐겨 듣던 재즈곡 '샤우팅 앳 아멘 코너(Shouting at Amen Corner)'를 갖다 붙인 것이 계기다.

비가 많이 온 1958년 대회, 12번 홀에서 아널드 파머의 티샷이 벙커 앞 둔덕에 박혔다. 파머는 무벌타 구제를 요청했으나 경기요원은 거절했다. 파머는 경기위원의 결정이 옳지 않다고 판단했다. 파머는 2볼 플레이를 했다. 공을 있는 그대로 쳐 다섯 타, 즉 더블보기를 했고 다른 공을 드롭해서 파를 했다. 14번 홀에서 경기 도중 파머는 드롭한 공으로 경기를 해도 된다는 경기위원회의 결정을 들었고 결국 우승을 차지했다. 기쁨의 아멘이 나왔을 수 있다. 파머는 아멘을 하지 않았지만 기자인 허버트 워런 윈드가 그렇게 판단했다.

코스가 어려워서 그런 이름이 붙은 것은 아니지만 드라마틱한 일이 자주 일어나므로 아멘 코너라는 말이 어울리기는 하다. 1964년 아널드 파머에게 우승을 빼앗긴 데이브 마는 "아멘 코너 세 홀을 이븐파로 넘기면 신을 더욱 사랑하게 된다"고 말했다.

아멘 코너는 '깃발 꽂힌 천국'이라는 오거스타에서도 가장 아름다운 곳에 있다. 래의 개울 위로 호건의 다리, 넬슨의 다리 등 많은 역사와 이야깃거리를 담은 것들이 있다. 아멘 코너는 코스 구석에 있고 개울까지 굽이쳐 흘러가기 때문에 갤러리는 직접 들어가지 못하고 밖에서 구경할 수밖에 없다. 꽃으로 만발한 이곳은 신비감을 불러일으킨다. 바람은 오거스타 내셔널 골프장에 있는 조지아 소나무와 층층나무를 흔들고 있었다. 2019년 마스터스 최종 라운드, 예보된 낙뢰는 없었지만 날은 우중충했고 바람이 불었다. 아멘 코너 가운데 있는 155야드의 12번 홀. 핀은 오른쪽 구석 끝 3야드 옆에 꽂혀 있었다. 최종 라운드의 전형적인 핀 위치다.

12번 홀은 미스터리다. 오거스타에서 가장 짧은 홀이다. 그러나 짧은 홀이라고는 믿기지 않을 정도로 대형 사건이 많이 터졌다. 2011년 네 타 차 선두로 출발한 로리 매킬로이는 이 홀에서 4퍼트를 하면서 고개를 떨궜다. 2016년 대회 2연패를 노리던 조던 스피스는 선두를 달리다 두 번이나 공을 물에 빠뜨리면서 쿼드러블 보기를 기록하고, 우승을 날렸다.

2012년과 2014년 우승자 버바 왓슨은 2013년 최종 라운드 이 홀에서 열 타를 치면서 탈락했다. 155야드의 12번 홀의 난도는 전장 240야드 파 3인 4번 홀과 비슷하다. 마스터스 중 한 홀 최고 타수(13타)가 여기서 나왔고 홀인원은 세 번뿐이다.

12번 홀이 어려운 건 그린 앞 개울과 전략적으로 배치된 세 개의 벙커, 또 작은 그린 때문이다. 최경주는 "압박감과 혼란스러운 바람, 그린의 기울기, 그린의 속도가 어우러져 아주 재미있는 상황을 만든다"고 했다. 그중 가장 어려운 건 바람이다. 11번 홀까지 계속 뒷바람이 분다. 12번 홀 티잉그라운드에서도 그렇게 느껴진다. 그러나 그린 근처는 강한 맞바람이다. 선수들은 바람에 번번이 속는다.

과학자들은 골프장의 최저 지대여서 바람이 소용돌이치는 곳이라고 설명한다. 반면 동네 사람들은 "잠자는 인디언들의 영혼을 깨웠기 때문"이라고 이야기한다.

골프장을 만들 때 12번 홀 그린 자리에서 인디언의 무덤들을 발견했다.

우즈는 2018년 기적처럼 재기했다. 우즈는 확 달라졌다. 2018년 마스터스에서, 나는 우즈가 요청도 받지 않았는데 장애인에게 사인을 해주는 모습을 보고 깜짝 놀랐다. 2018년 마지막 대회인 투어 챔피언십에서 우즈는 우승했다. 그리고 2019 마스터스에서 우승 경쟁을 했다.

우즈는 4번과 5번 홀에서 연속 보기를 했다. 선두 프란체스코 몰리나리와 세 타 차로 벌어지기도 했다. 몰리나리는 흥미로운 인물이다. 외모는 운동선수 같지 않다. 그는 2006년, 이 대회에서 흰색 점프수트를 입고 캐디를 했다. 형 에두아르도 몰리나리의 가방을 멘 것이다. 그러다 뒤늦게 빛을 발했다. 2018년 우즈에 몇 차례 수모를 안기면서 스타덤에 올랐다. 이 이탈리아 출신 타이거 사냥꾼은 2019 마스터스에서 다시 일을 낼 참이었다.

몰리나리는 최종라운드 6번 홀까지 보기가 하나밖에 없을 정도로 침착한 경기를 했다. 그가 두 타 차 선두로 12번 홀에 왔을 때 그린재킷은 몰리나리의 것처럼 보였다. 그러나 미스터리의 12번 홀, 몰리나리의 티샷은 물에 빠져 버렸다. 우즈는 핀을 노리지 않았다. 바람이 불어도 공이 물에 빠질 수 없는 곳을 겨냥했다. 우즈는 이 홀에서 파를 했다. 몰리나리는 더블보기를 했다. 이걸로 승부의 추는 뒤집어졌다.

우즈는 원래대로라면 마지막에서 두 번째 조에서 경기했어야 했다. 그러나 악천후 때문에 조편성이 3인1조로 바뀌면서 챔피언조에서 몰리나리, 토니 피나우와 한 조로 경기하게 됐다. 결과적으로 이게 행운이었다. 우즈와 우승을 두고 경쟁하는 것은 쉬운 일은 아니다. 그의 아우라가 워낙 세다. 그의 전성기 시절 라이벌 선수들은 우즈와 우승 경쟁하는 건 마취 없이 수술받는 것처럼 힘들다고 했다. 요즘 우즈는 착한 사람이 됐지만 대신 우즈의 우승을 바라는 팬들의 기운은 오히려 더 커졌다. 몰리나리도 그 점은 충분히 느꼈을 것이다. 사람들 뿐 아니라 골프 코스와 주위를 휘도는 바람까지 우즈의 우승을 바라는 듯했다. 그 기운은 상대 선수에게 영향을 미친다. 그런 게 어디 있느냐고? 15년간 우즈를 지켜본 나로서는 그냥 느낄 수 있었다.

우즈의 마지막 우승 퍼트가 홀에 들어갔을 때 내 눈에 눈물이 고였다. 오거스타 내셔널의 모든 관객들이 일어나 "타이거"를 연호하며 기립 박수를 쳤다. 많은 사람들이 "이건 믿을 수 없다"고 했다. 눈물을 흘리는 사람도 많았다. 우즈는 아들과 진하게 포옹했다.

우즈는 2년 전 챔피언스 디너에 참석하려고 마스터스에 왔을 때는 제대로 걷지도 못했다. "퍼터를 지팡이로 쓴다"는 농담을 했고 "나는 끝났다"고도 했다. 이후 실낱같은 희망을 가지고 받은 마지막 수술에 성공했다. 그가 재활을 거쳐 드라이버를 처음 쳤을 때는 겨우 90야드가 나갔다. 그런 우즈가 2년 만에 그린재킷을 입었다.

몸만 아픈 것이 아니었다. 사회적 수모와 정신적 고통 속에서 살았다. 우즈는 10년 넘게 가장 돈을 많이 버는 스포츠 스타로 군림했다. 유혹도 따라왔다. 결과는 참혹했다. 인터넷은 그를 발가벗겼다. 그는 수치심 속에서 살았다.

이후 세계랭킹 1위에 다시 오르기도 했지만, 메이저 대회에서는 힘을 못 썼다. 11년간 메이저 우승이 없었다. 나는 그의 마음속에 구멍이 있다고 생각했다.

우즈의 마스터스 우승은 그가 오랫동안 그를 누르던 정신적 고통에서 벗어났다는 것을 시사한다. 허리가 아파 누워 있는 동안 우즈는 절망 속에서 살았다. 그때 우즈는 자신을 돌아볼 수 있었다. 11년 만의 메이저 우승은 이제야 비로소 우즈가 자신을 용서했다는 것을 뜻한다.

어린 시절 우즈의 부모는 그를 킬러로 키웠다. 우즈는 부모의 뜻대로 살았다. 모두 우즈를 두려워했다. 2009년 PGA 챔피언십에서 우즈가 양용은에게 역전패했을 때 다른 선수들은 클럽하우스 쇼파에서 아이처럼 점프하며 기뻐했다고 전해진다. 10년 후에는 마스터스에서 우승하자 클럽하우스 앞에 수많은 후배 선수들이 나와 그를 축하해줬다. 우즈가 이제는 경쟁자에게도 친절한 사람이 됐다는 것을 뜻한다. 마음 착한 사람이 우승할 수 있다는 것을 우즈가 알려줬다. 마흔네 살 우즈가 입은 그린재킷은 힘보다 지혜가 중요하다는 진리를 다시 깨닫게 해준다.

기자회견장에서 그의 모습이 특히 인상적이었다. 우즈는 "감사하다", "운이 좋았다", "축복받았다"고 말했다. 예전엔 그렇지 않았다. 우즈는 자신을 '이기기 위해 태어난, 선택된 사람(chosen one)'이라고 생각했다. 그런 면에서 그의 우승은 고난 속에서 인간이 겸손하고 현명한 존재로 성장할 수 있다는 것을 알려준다.

1997년 마스터스에서 처음 우승한 뒤 우즈가 제일 먼저 부둥켜안은 사람은 아버지였다. 2019년에는 그의 아들이 우즈를 기다리고 있었다. 22년이 지나는 동안 많은 것이 변했다. 그의 아버지는 세상을 떠났고 두 아이가 생겼다. 모자를 벗으면 우즈의 나이를 느낄 수 있다. 줄어든 머리숱 때문에 오래전 18번 홀 그린 옆에서 기다리던 그의 아버지가 연상될 정도. 그러나 원색의 재킷을 입은 그는 첫 마스터스에서 우승하던 스물두 살, 찬란하게 빛나던 청춘의 얼굴보다, 주름진 마흔넷의 얼굴이 더 멋질 수 있다는 것을 느끼게 해주었다.

2019년의 그린재킷은 22년의 풍상에도 우즈의 의지는 전혀 변하지 않았다는 상징이다. 그래서 열두 타 차로 우승한 화려한 1997년 못지않게, 한 타 차로 우승한 2019년 마스터스도 오랫동안 기억될 전설이 될 것이라는 느낌이 든다. 우즈의 마스터스 우승은 단순히 골프 대회 우승이 아니다. 스포츠에 일어난 재기 스토리만도 아니다, 그것이 바로 인생이다. 기사 마감 후 기자실에서 맥주를 마시며 그런 생각을 했다.

잉글랜드 프리미어리그 맨체스터 유나이티드의 공격수였다가 지금은 미국 프로축구 D.C. 유나이티드에서 뛰고 있는 웨인 루니는 우즈의 우승을 앞두고 대단히 설레었던 것 같다. 〈워싱턴포스트〉에 의하면 그는 콜로라도 원정 경기 후 마스터스가 열리는 오거스타 골프장에 가기 위해 새벽 1시 비행기를 예약했다. 그러나 연착으로 새벽 5시 비행기를 타야 했고, 연결편도 끊기는 바람에 노스캐롤라이나 주 샬럿에서 차를 빌려 타고 270킬로미터 거리를 달렸다. 그는 마지막 4~5개 홀을 현장에서 지켜봤다고 한다.

루니는 "자동차로 가는 길이 엄청나게 길게 느껴졌다"고 했는데 비행기에서 내려 차를 빌린 시간, 도착 시각 등을 따져보면 엄청나게 과속한 것으로 보인다. 그래도 루니는 "우즈의 우승을 볼 수 있었기 때문에 가치가 있었다"고 말했다.

우즈는 마스터스에서 우승한 후 호감도가 역대 최고로 올라갔다. 부상과 스캔들로 성적을 못 낸 '잃어버린 10년' 동안 지탄도 많이 받았는데 말이다.

왜 우리는 타이거 우즈를 응원할까. 우즈의 우승은 밑바닥까지 추락한 선수의 재기 스토리를 넘어서기 때문이다. 요즘 뛰어난 운동선수를 신계(神界)에 있다고 말하는데, 기자의 기억으로는 그 원조가 타이거 우즈였다. 2008년 우즈가 무릎이 아파 절뚝거리며 US오픈에서 우승했을 때 〈뉴욕타임스〉는 "단순한 인간의 신분을 넘어 불멸의 존재가 됐다"고 썼다. 그는 이전에 아무도 못 갔던 곳에 혼자 갔다.

이제 사람들은 그 신 같던 존재가, 여러 부상과 스캔들 이후로, 실은 결점이 많은 우리와 비슷한 사람이었다는 것을 알고 있다. 과거엔 완벽에 가까운 우승을 거뒀지만, 지금은 그렇지 않다. 그래서 그에게 더 정이 간다.

워낙 뛰어났기 때문에 그의 퍼포먼스는 물론, 많은 것들이 세상에 알려졌다. 2009년 우즈 스캔들이 터졌을 때 타블로이드인 〈뉴욕포스트〉는 관련 기사를 21일 연속 1면 톱으로 내보냈다. 9·11 테러 때보다 더 길었다.

그래서 다들 그를 잘 안다. 혹은 그렇게 생각한다. 좋아하든 싫어하든 그는 매우 친숙한 존재다. 그런 면에서 보면 우즈의 여정에 골프 팬들도 함께했다. 내가 잘 아는 사람이 어려움을 겪다가 재기했으니 그를 응원하는 것이다.

2014년 '타이거의 시대를 보내며'라는 칼럼을 쓴 적이 있다. 그가 끝났다고 생각했다. 내용은 이랬다. "'넘을 수 없는 벽' 우즈와 동시대 사람인 것을 한탄한 필 미켈슨, 비제이 싱, 어니 엘스의 시대가 가는 것이다. 우즈와 동반 라운드를 많이 했던 한국 최고의 골퍼 최경주의 시대가 저무는 것이다. 우즈보다 두 살 아래로, 일년 늦게 스타덤에 오른 박세리의 시대도 우즈라는 태양빛과 함께 사라질 것이다. 그들에게 환호했던 동시대 골프 팬들의 시대가 저무는 것이기도 하다."

결과적으로 이 칼럼은 틀렸다. 우즈는 시간을 멈추게 하고 동화 같은 해피엔딩을 만들어냈다. 그리고 그 불가능한 여정을 함께한 많은 사람이 기뻐하고 있다. 나도 그중 한 명이다.

　　골퍼들이 꿈에 그리는 골프
장인 페블비치는 태양이 찬란한 캘리포니아 주에 있지
만 음습한 날씨인 때가 많다. 2019년 US오픈은 골프장
개장 100주년 기념으로 페블비치에서 열렸다. 우즈는
2000년 이곳에서 2위와 열다섯 타 차로 우승한 적이 있
다. 골프 사상 가장 완벽한 퍼포먼스가 나온 대회로 평
가된다. 마스터스에 이어 이곳에서도 우즈가 우승하지
않을까라는 생각에 대회장을 찾았다. 대회 기간 일주일
동안 해를 본 시간이 열 시간도 안 되는 것 같았다.

　　타이거 우즈는 우승 의지가 강했다. 매일 일찌감치
나와 퍼트 연습을 했다. 그런데 퍼트하는 그의 셔츠 칼
라 밖으로 검정색 KT테이프가 보였다. 우즈는 몸이 약
간 불편해 보였다. 그는 언제나처럼 "아무렇지도 않다"
고 했으나 3라운드 이븐파에 그쳐 우승 경쟁에서 완전

히 탈락한 뒤에는 진실을 말했다. "이렇게 추운 날은 몸 구석구석이 아프다. 몇 년간 그랬다. 허리가 아프지 않으면 목이 아프고, 등이 아플 때도 있고 무릎이 아프기도 하다. 전신이 아프다"고 말했다. 나보다 젊은데 안 아픈 곳이 없다니. 그는 참 열심히도 살았다.

한 달 후 디 오픈은 북아일랜드 로열 포트러시에서 열렸다. 우즈는 합계 6오버파로 컷탈락했다. JTBC골프에서 임성재와 관련한 다큐멘터리를 찍는다며 촬영 협조 요청을 해와 동행했다. 우즈는 US오픈 때보다 몸이 좋지 않아 보였다. 경기 전 완전히 주저앉은 상태로 신발 끈을 묶었다. 걷는 모습도 불편해 보였다. 그러나 스윙을 약간 변형해서 경기했고 어느 정도 통했다.

대회 내내 비가 오고 날이 추웠다. 우즈는 긴 팔 이너웨어와 반소매 티셔츠, 조끼를 입고 경기했다. 해가 나자 조끼를 벗었는데 깜짝 놀랐다. 조끼 속에 조끼 하나가 더 있었기 때문이다. 우즈는 조끼 두 개를 입고 경기한 것이다. 비바람이 몰아칠 때도 반팔 셔츠만 입고 경기한 동반자 패트릭 리드, 매트 월러스와 비교가 됐다. 우즈도 많이 늙었다.

첫날 7오버파를 친 후 우즈는 "나는 더 이상 20대가 아니다. 인생은 변한다. 36홀 라운드를 하고 나서 8킬로미터를 뛰고, 또 헬스클럽으로 가던 시절은 지났다. 현실적으로 생각하고 적절한 때(메이저 대회가 열릴 때) 힘을 쓸 수 있게 해야 한다. 마스터스에서는 잘됐다. 나머지는 잘 안됐다. 아버지로서 시간이 필요하고, 그동안 겪은 일(수술 등) 때문에 당연히 그런 것"이라고 말했다. 몇 년 전과 달리 우즈는 냉철하게 현실을 인식하고 있었다.

우즈는 디 오픈 이후 간단한 무릎 수술을 한다고 발표했다. 그리고 11월 일본에서 열린 조조 챔피언십에서 우승했다. 무릎이 좋아지니 허리 상태도 확 좋아졌다고 했다.

일본에서 우승할 때 그는 침착했다. 모자를 집어 던지지도, 하늘에 대고 어퍼컷을 휘두르지도 않았다. 젊었을 때 그런 것과 달리 포효하지도 않았다. 그저 미소를 지으며 우승컵을 들었다. 경기 내용도 사뭇 달랐다. 첫 메이저 챔피언이 된 1997년 마스터스에서 우즈는 파 5홀에서 우승했다고 해도 과언이 아니다. 18언더파 중 열세 타를 파 5홀에서 줄였다. 거리 2위와는 25야드, 전체 선수 평균보다는 46야드나 멀리 쳤으니 그럴 만도 했다. 그는 힘으로 코스와 경쟁자들을 제압했다.

반면 조조 챔피언십에서 우즈는 파 3홀에서 이겼다.

19언더파 중 9언더파를 파 3홀에서 줄였다. 그의 코치였던 행크 해이니는 "우즈의 가장 큰 장점은 장타가 아니라 아이언의 샷 메이킹 능력"이라고 했다. 우즈는 높게도, 중간 탄도로도, 낮게도 칠 수 있다. 또 왼쪽으로 돌리고 오른쪽으로 휘어 치고 똑바로도 친다. 이를 조합해 아홉 가지 구질을 구사한다. 누구도 갖지 못한 능력이다. 이 능력으로 핀이 어디에 있더라도 버디 기회를 만들 수 있다.

골프 황제가 젊고 힘이 넘쳤을 때는 그런 모습이 보이지 않았다. 나도 몰랐다. 2004년 일본에서 열린 던롭 토너먼트에서 우즈를 직접 봤는데, 첫 홀에서 우드로 티샷 해 드라이버로 친 일본 정상급 선수의 공을 훌쩍 넘겨 버리던 그 장타의 기억이 워낙 강렬해 다른 샷은 잘 보이지 않았다.

예전에 농구 기자를 할 때 허재 선수의 말년을 볼 수 있었다. 다리에 힘이 빠진 그는 한 뼘밖에 안 될 듯한 점프로, 키 크고 탄력 좋은 수비수를 달고 올라가, 어떻게든 골을 욱여넣고야 말았다. 그 능력에 감탄했다. 스타는 늙고 힘이 빠져야 진정한 가치를 볼 수 있다는 것도 알게 됐다. 마르틴 루터 킹은 "진정 어둠 속에서만 별빛을 볼 수 있다"고 하지 않았나. 테니스의 로저 페더러도,

미식축구의 톰 브래디도 그렇다. 골프 황제도 나이가 들었고 힘이 빠졌다. 그러나 어쩌면 지금이 그의 빛나는 모습을 제대로 볼 수 있는 시기일 것이다.

우즈는 "우승할 수 있다는 자신감을 다시 찾았다"는 2018년 투어 챔피언십 이후 최근 14경기에서 3승을 했다. 확률로는 21퍼센트다. 그의 통산 우승 확률(22퍼센트)과 비슷하다. 이 정도면 단순한 재기가 아니다. 전성기에 비할 바는 아니더라도, 우즈는 이전과 다른 방식의 새로운 레이스를 시작한 것이다.

그는 우승 후 "거리가 전과는 비교가 안 되게 줄었다. 그러나 어떻게 경기하는지 안다"고 말했다. 아직도 우즈의 마술은 통한다. 그는 말했다. "퍼트 등 쇼트 게임을 만들어주는 내 손 감각은 나이 들어도 변하지 않았다."

스윙은 변했다. 나이 든 지금이 가장 부드러운 것 같다. 특히 백스윙에서 다운스윙으로 전환하는 동작은 매우 유려하다. 있는 힘껏 휘두르던 때와는 또 다른 예술적 스윙이다. 요즘 그의 스윙을 보면 공이 휠 것 같지 않다. 페어웨이가 좁은 조조 챔피언십에서 티샷 정확도가 높았다. 우즈는 첫 세 개 홀에서 보기를 하고도 우승했다. 대회 중 몰아친 태풍도 이겨냈다. 홈팬들의 응원을 받는 마쓰야마 히데키의 추격도 쉽게 따돌렸다. 끝내기 능력은 여전했다.

젊은 선수들에 비해 지금 우즈는 파워가 부족하다. 그는 이 열세를 정교함으로 상쇄해야 한다. 가진 모든 기술을 다 쏟아 부어야 한다. 차, 포 떼고 장기를 두는 지금이, 우즈의 진짜 능력을 볼 수 있는 때다.

골프에서 타이거의 시대는 복싱의 무하마드 알리나 농구의 마이클 조던 시대처럼 가장 드라마틱한 영웅의 시대였다. 우즈는 고루한 부자 스포츠에 나타나 스포츠의 수준을 확 올리고 팬층을 넓힌 검은 이단아다. 그는 타이거슬램, 붉은 색 티셔츠의 공포, 철저히 은폐된 사생활, 이전에 보지 못한 대형 섹스 스캔들, 절정에서의 스윙 교정, 복잡한 가족사, 아버지에 대한 연민, 계속된 부상과 재기, 나이키라는 거대 자본과의 관계 등 수많은 드라마를 썼다. 우즈의 드라마는 스펙터클이기도 하고, 성공 스토리이기도 하고, 비극이기도 하고, 미스터리이기도 하며, 에로틱 드라마이자, 휴먼스토리다. 우즈처럼 다양한 장르를 갖춘 인물은 없었다. 우즈는 현대의 셰익스피어다.

나는 그보다 멋진 우승 세리머니를 본 적이 없다. 그보다 당당하게 공포에 맞선 선수를 본 적이 없다. 그만큼 압도적으로 상대를 짓밟은 선수를 본 적이 없다. 코스에서 우즈처럼 폭포 같은 눈물을 흘리며 슬프게 운 선수를 본 적이 없다. 그보다 드라마틱한 재기 스토리를 본 적이 없다.

우즈는 절박했기 때문에 그 많은 드라마를 만들어냈다. 우즈는 스폰서와의 관계 때문에 공개하지는 않지만 어릴 적 인종차별로 많은 어려움을 겪었다. 백인 스포츠에 나타난 흑인 꼬마는 결코 귀염둥이가 아니었다. 연습장이나 골프장에서 쫓겨나기도 했다. 그는 자신을 억누른 세상을 이기고 싶었다. 존재를 인정받고 싶은 강한 욕망이 들었을 것이다. 어릴 적 당한 아픔을 보복하려는 심리가 있지 않았을까 추측된다.

열두 타 차(1997 마스터스), 열다섯 타 차(2000년 US오픈) 우승도 인상적이었지만 한쪽 다리를 절뚝이며 연장 18홀과 재연장까지 91홀을 돌며 결국 승리한 2008년 US오픈은 골프의, 아니 인간의 묵시록 같은 거라고 본다.

한쪽 무릎을 다친 상태로 경기하는 건 사실 무모했다. 그러나 그는 다리 하나로도 세상을 이길 수 있다는 것을 보여주고 싶었으리라. 자신은 다른 선수와는 완전히 차원이 다른 존재라는 것을 보여주고 싶었으리라.

그는 철저히 숨어 살려 했지만, 역설적으로 그는 라

운드에서 어떤 선수보다 자신의 감정을 격정적으로 표출했다.

최고의 자리는 외롭다. 1위를 지켜야 한다는 부담감, 져서는 안 된다는 압박감과 싸워야 한다. 다른 스포츠는 잘못되면 나쁜 작전을 지시한 감독이나, 패스를 안 한 동료나, 비열한 반칙을 한 상대 선수나, 파울을 못 잡은 심판 등을 욕하고 털어버릴 수 있다. 그러나 골프는 자신을 제외하곤 비난할 사람이 없는 스포츠다. 그래서 가장 외롭다. 그런데도 주요 스포츠를 통틀어 우즈처럼 오랫동안 1등이라는 짐을 진 선수는 없다.

요즘 우즈는 경기 중 자주 웃고 팬들과 눈도 맞춘다. 우즈는 이제 어둠을 뚫고 밝은 세상으로 나오고 있다. 이제 평안을 얻을 때도 됐다.

시간이 지나면 골프에는 또 다시 새로운 스타가 나올 것이다. 그러나 타이거 우즈 같은 영웅은 다시 오지 않을 것이며 우즈의 전성기는 영원한 골프의 하이라이트로 남을 것이다. 적어도 우즈를 보고 희로애락을 느꼈던 우리 세대들에겐 말이다.

**Tiger
Woods**